Petra Weise

Meine seltsamen Nachbarn

Roman

Bibliografische Information der Deutschen Nationalbibliothek
Die Deutsche Nationalbibliothek verzeichnet diese Publikation in der Deutschen
Nationalbibliografie; detaillierte bibliografische Daten sind im Internet über
http://dnb.dnb.de abrufbar

Titelbild:oneinchpunch Shutterstock
Herstellung und Verlag:
BoD – Books on Demand, Norderstedt

ISBN : 9783754395226

–

Manchmal ist der einzige Weg,
normal zu bleiben,
ein bisschen verrückt zu sein.

Jeder spinnt auf seine Weise,
der eine laut, der andere leise.

Joachim Ringelnatz

Inhalt

Vorgeschichte   9
Mona   12
Sofie   37
Claudia   48
Kevin   65
Alea   82
Miriam   93
Wasserkopf   110
Mona   124
Rasmus   138
Streithähne   146
Daniela   147
Kevin   163
Detlef   174
Kevin   199
Schluss   234

Vorgeschichte

Das letzte Jahr war derart grauenvoll, dass ich dachte, verrückt zu werden.

Im Haus gab es einen neuen Nachbarn. Das heißt, er wohnte schon länger dort als ich, doch ich kannte ihn nicht, weil er lange Zeit in einer Psychiatrie untergebracht war. Ich weiß nicht, warum und man fragt so etwas auch nicht. Mir schien er harmlos, direkt nett, oder harmlos und nett geworden dank seiner Tabletten oder was immer man solchen Leuten gibt, damit sie sich wieder ganz normal wie eben normale Leute benehmen. Verwandte oder Freunde schien er keine zu haben, denn ich sah ihn immer nur allein.

Die Nachbarn nannten ihn *den Verrückten*, weil er mit sich selbst redete. Ich verstand ihn schlecht, weil er so klang, als hätte er zwei heiße Kartoffeln im Mund. Manchmal stand er am Straßenrand und winkte vorbeifahrenden Auto zu. Wenn sie hupten, hüpfte er vor Freude hin und her. Das fand ich zwar seltsam, doch nicht weiter schlimm.

Eines Tages kam ich von der Arbeit und sah schon von weitem Blaulicht. Die ganze Straße war von versperrt und ich musste weit entfernt parken. Das Parken war ohnehin ein tägliches Problem, weil die Tiefgarage, die zum Haus gehörte, nicht benutzt werden durfte, obwohl ich jeden Monat für den

Platz bezahlte. Irgendwann war Wasser hineingelaufen oder das Grundwasser kam nach oben – ich weiß es nicht. Ich weiß nur, dass es etwas mit Wasser zu tun hatte und das Parken in der Garage verboten war.

Beim Näherkommen zählte ich fünf Feuerwehren, vier Polizeiwagen und zwei Krankenautos. Ich musste vor dem Haus warten und beobachtete, dass zwei Sanitäter eine Person auf einer Trage in ihr Fahrzeug schoben.

„Das war der Verrückte", erklärte eine Frau. „Der hat wieder gezündelt, fackelt uns noch das ganze Haus ab. Nun kommt er in die Geschlossene."

„Was ist das?"

„Der wird weggesperrt."

Vielleicht war das gut so, denn seit einigen Wochen brannte es immer wieder. Mal brannten Zeitungen im Treppenhaus, mal die Mülltonnen im Hof, einmal sogar Autoreifen im Keller. Alles war eindeutig Brandstiftung.

Alle waren froh, dass der Verrückte keinen Schaden mehr anrichten konnte und jeder hoffte, dass er nie wieder in unser Haus zurückkommt.

Trotzdem ließ der Vermieter überall Rauchmelder einbauen.

Drei Wochen später brannte mitten in der Nacht direkt vor unserem Haus ein Auto. Wieder kamen Feuerwehr, Polizei und Krankenwagen. Wieder wurde die Straße abgesperrt und einige Nachbarn wurden sogar evakuiert. Es wurde erzählt, dass jemand brennende Grillanzünder auf die Reifen gelegt hatte und nur wenige Minuten später das ganze Auto in Flammen stand.

Erst viel später stellte sich heraus, dass eine ältere Frau aus unserem Haus die Brände gelegt hatte und keiner kennt den Grund. Der Verrückte wurde also zu Unrecht beschuldigt.

„Na und?", schimpfte mein Freund. „Ein Verrückter weniger! In diesem Haus bleibe ich keinen Tag länger. Und wenn du hier bleibst, bist du ebenfalls verrückt."

Doch wo sollte ich hin so schnell? Außerdem standen drei volle Monate Kündigungszeit im Mietvertrag. Das interessierte Heiko nicht. Er wollte nur schnell weg und ließ mich einfach zurück.

Natürlich rief ich ihn an und bat ihn, mit mir zusammen eine neue Wohnung zu suchen. Nach diesem Anruf drückte er mich immer weg, wenn er meine Nummer sah und ich begriff, dass es aus war zwischen uns.

*****

Nun lebe ich am anderen Stadtende in einer sehr ruhigen und sauberen Wohngegend. Die Häuser sind nicht beschmiert und kein Müll liegt auf der Straße. Meine kleine Zwei-Raum-Wohnung hat sogar einen Balkon. Ganz in der Nähe gibt es einen Supermarkt, zwei Bäcker und eine Bushaltestelle für zwei Linien ins Stadtzentrum. Das Hotel, in dem ich arbeite, ist so nahe, das ich es fußläufig erreichen kann. Hinter dem Haus befindet sich ein Hof mit einem festen Parkplatz für mein Auto und eine kleine Wiese, auf der eine Wäschespinne und eine Bank stehen. Die Zufahrt und der Hof sind von Blumenrabatten gesäumt. Auf der schmalen Straße fahren nur wenige Autos und wegen der vielen Bäume am Straßenrand habe ich fast das Gefühl, im Grünen zu wohnen.

Mona

Sonntag. Ich habe frei, sitze auf meinem kleinen Balkon und frühstücke. Das ist wie Urlaub. Gleich morgen werde ich Blumenkästen kaufen und sie so hübsch bepflanzen wie meine Nachbarn. Mit Pflanzen kenne ich mich nicht aus, auch nicht mit Vögeln, die zwischen den großen Bäumen hin und her fliegen. Ein winzig kleiner Vogel flattert ganz in der Nähe einem Insekt hinterher, das sich hinter die Brüstung des Nachbarbalkons retten will. Doch der geschickte Vogel hält bereits seine Beute im Schnabel. Das erstaunt mich, denn ich weiß, wie schwer es ist, eine Fliege oder Mücke zu fangen. Fliegen können in der Luft stehen und ganz plötzlich ihre Richtung ändern.

Diese Ruhe tut mir gut.

Doch plötzlich dröhnt in der Ferne ein Martinshorn, dessen Auf und Ab sich rasch nähert. Noch während ich überlege, weshalb diese Sirene Martinshorn genannt wird, hält direkt vor unserem Haus ein großes Polizeiauto mit Blaulicht, gefolgt von zwei weiteren Polizeiwagen. Aus jedem Fahrzeug steigen zwei Beamte, die in ihren schwarzen Uniformen zum Fürchten aussehen.

Schwarz hat so etwas Bedrohliches und soll wohl Macht demonstrieren. Mir gefielen die blauen Uniformen besser, sie wirkten freundlicher. Meine Mutter sagt, früher waren die Uniformen grün. Grün symbolisiert die Hoffnung, Hoffnung auf Hilfe. Blau ist wohl eher neutral, aber schwarz dominant und düster und steht für den Tod.

Die sechs Polizisten laufen eilig in die Einfahrt zum Haus gegenüber. Auf jeden Fall muss etwas furchtbar Schlimmes passiert sein, weil so viele Polizisten in das Haus stürmen.

Gespannt beobachte ich das Haus auf der anderen Straßenseite und hoffe, irgend etwas zu sehen. Leider befindet sich die Haustür hinten im Hof, so dass ich warten muss, bis die Polizisten wieder zurückkommen. Ganz sicher ist jemand in Gefahr und braucht dringend Hilfe.

Nun parkt ein Auto direkt vor meinem Balkon. Ich beuge mich über die Brüstung, um besser sehen zu können. Zwei ältere Leute steigen aus und laufen ebenfalls in die Einfahrt. Ob sie etwas mit dem Unglück zu tun haben?

Jetzt fahren drei große Feuerwehren vor, die dritte mit der Aufschrift *Höhenrettung,* und bleiben in der Straßenmitte stehen. Das kann nur bedeuten, dass es im obersten Stockwerk brennt. Denn dort gibt es eine Wohnung mit Kohleöfen. Ich wusste gar nicht, dass heutzutage so alte Heizungen noch erlaubt sind, weil das Verbrennen von Kohle und Holz wegen der Schadstoffe gesundheitsschädigend ist. Meine Oma behauptet allerdings, ein Ofen verströmt eine gemütlichere Wärme als eine moderne Heizung. Doch den Dreck, der solch ein Ofen verursacht, mochte sie nicht, auch nicht die Schlepperei mit Kohlen, Holz und Asche. Sie war froh, als ihr alter Kachelofen abgerissen wurde, da er den Brandschutzbestimmungen nicht mehr genügte. Jetzt hat sie wie ich in jedem Raum einen flachen Heizkörper und ist glücklich über den gewonnenen Platz und der Sauberkeit in der Stube und der Wärme im Bad. Sie kocht auch nicht mehr auf dem Herd, sondern bequem auf elektrischen Platten.

Ich beuge mich über die Balkonbrüstung und sehe auch in unserer Einfahrt eine Feuerwehr, ein etwas kleineres Fahrzeug mit Blaulicht. Mehrere Männer in schwarzen Uniformen, auf denen gelb-grün leuchtende Streifen angebracht sind, laufen zum

Haus. Ihre Köpfe sind von Helmen, die Gesichter von durchsichtigen Scheiben geschützt. Aber sie tragen weder einen Wasserschlauch noch Feuerlöscher. Also brennt es gar nicht! Ich sehe auch keinen Rauch und rieche keinen Brand. Warum also die Höhenrettung? Und warum fahren sie ihre Leitern nicht aus? Angespannt betrachte ich das Dach. Über der Dachwohnung sind kleine Luken, doch aus keiner winkt ein Mensch, der Hilfe braucht.

Die zwei älteren Leute von vorhin kehren zu ihrem Auto zurück, der Mann trägt einen großen Koffer, die Frau ein kleines Mädchen, hinter ihnen läuft eine junge Frau, die zwei Taschen schleppt. Sie verstauen Kind und Gepäck im Auto und schauen sich immer wieder zum Haus um, schütteln die Köpfe und raufen sich die Haare.

Was bedeutet das? Vielleicht wohnt die junge Frau mit dem Kind ganz oben in der Wohnung mit der Ofenheizung? Vielleicht ist ihrem Mann etwas passiert? In diesem Fall konnte sie den Polizisten und Feuerwehrleuten die Tür öffnen, weshalb keine Leiter gebraucht wird. Am liebsten würde ich sie fragen, doch das wage ich nicht, weil die drei verstört wirken, besonders die junge Frau. Ich vermute, dass sie die Tochter des älteren Paares ist, die ihrem Kind und Enkel zu Hilfe eilten.

Auf jeden Fall muss etwas ganz besonders Schlimmes passiert sein, weil drei Polizeiwagen und vier Feuerwehren eingesetzt werden.

Das erinnert mich an den Vorfall in meinem früheren Wohnhaus. Auch damals kamen viele Fahrzeuge von Feuerwehr und Polizei und ließen mich viele Stunden nicht ins Haus. Ich hatte mir solche Sorgen gemacht, weil mir keiner sagen wollte, was passiert ist. Dabei hatte nur der Müll im Hof gebrannt. Das Löschen war schnell erledigt, doch das Absperren und Überprüfen dauerte ewig. Zum Schluss nahmen sie nur *den Verrückten* mit, der mit dem angezündeten Müll gar nichts zu tun hatte.

Ein Sanitäter schiebt eine Krankenliege den Fußweg entlang und biegt in die Einfahrt zum gegenüber liegenden Hof. Kurz darauf verlassen die Feuerwehrleute das Gelände, steigen in ihre Fahrzeuge und fahren davon. Nun ist die Zufahrt für den Krankenwagen frei, gefolgt vom Notarzt.

Mir ist kalt, aber ich rühre mich nicht von der Stelle, um nichts zu verpassen. Erst eine halbe Stunde später fährt der Arzt wieder ab und kurz darauf der Krankenwagen. Leider kann ich nicht sehen, ob sich in ihm Verletzte befinden.

Schließlich gehen auch die Polizisten zu ihren Autos und fahren davon.

Obwohl nun alles ruhig ist, finde ich keine Ruhe und grüble, was wohl passiert sein mag. Auf jeden

Fall muss es mit dem kleinen Mädchen und der jungen Frau zusammenhängen, die von dem älteren Paar abgeholt wurden. Vielleicht erfahre ich an einem der nächsten Tage von den Nachbarn, was im Haus gegenüber passiert ist. Dumm ist nur, dass ich noch nicht lange hier wohne und niemanden näher kenne.

*****

Als ich am nächsten Tag vom Frühdienst komme, spricht mich eine ältere Frau vor dem Haus an. Ich sehe sie fast täglich mit ihrem Mann spazieren oder einkaufen gehen. Sie laufen sehr langsam in vorsichtigen kleinen Schritten, der Mann klammert sich an seinem Rollator fest und hat sichtlich Mühe, sich auf den Beinen zu halten, die Frau stützt sich auf einen Stock. Die beiden wohnen zum Glück im Erdgeschoss und müssen keine Treppen steigen. Ich weiß das, weil ich ihnen einmal ihre Einkaufstaschen ins Haus getragen habe.
Die Frau ist sehr gesprächig und hat sich bei unserer ersten Begegnung als Frau Rühle vorgestellt, ihren Begleiter als Anton, den sie liebevoll Toni nennt. Sie wohnen seit sieben Jahren zusammen und wollen im nächsten Monat heiraten. Beide waren schon einmal verheiratet und haben Kinder mit ihren ehemaligen Partnern, doch ihre große Liebe haben sie erst jetzt gefunden. Mich rühren

derartige Geschichten, vor allem, wenn so alte gebrechliche Menschen wie diese beiden ihr spätes Glück finden.

„Begleitest du mich?", fragt Frau Rühle. „Ich darf dich duzen, nicht wahr? Du bist jung und ich alt."
Sie lacht. Dann verfinstert sich ihr Gesicht und sie klammert sich an meinen Arm.
„Kommst du mit?"
„Zum Einkauf?"
„Nein, in meine Wohnung. Ich fürchte mich allein."
Die Frau erzählt, dass sie wegen des schrecklichen Tumults bei einer Freundin übernachtete und sich jetzt nicht nach Hause traut.
Ich kann verstehen, dass sie der Lärm, den die vielen Polizisten und Feuerwehrleute verursachten, in Angst und Schrecken versetzte. Doch bevor ich fragen kann, was eigentlich passiert ist, merke ich, dass Frau Rühle heftig zittert. Deshalb sage ich nichts, aber in meinem Kopf überstürzen sich Gedanken und Befürchtungen.
Es könnte ein Einbrecher über den Balkon in die Wohnung eingedrungen sein, der Herrn Anton verletzt hat. Deshalb musste Frau Rühle die Polizei rufen. Doch wo ist ihr Partner jetzt? Hat ihn der Krankenwagen mitgenommen? Und warum kam die Feuerwehr? Das Paar wohnt im Erdgeschoss. Vielleicht flüchtete der Täter ins Dachgeschoss und hat die junge Frau bedroht, weshalb das ältere

Paar kam und ihre Tochter und das Enkelchen abholten.

„Nun wird alles gut", tröste ich.

„Ja, sie haben ihn mitgenommen. Endlich."

Sie seufzt erleichtert. Aber ich kann mir auf dieses *endlich* keinen Reim machen.

„Was meinen Sie mit endlich? War der Täter schon einmal hier?"

Frau Rühle wedelt fahrig mit ihren Armen durch die Luft und wirkt ängstlich und zugleich wütend.

„Die Polizei war schon einmal hier, hat ihn aber nicht mitgenommen und die Rettung sagte beim letzten Mal, ich hätte die Notrufnummer missbraucht. Aber wen soll ich anrufen, wenn nicht die 110 und die 112?"

Ich verstehe nicht, wovon sie spricht. Wen hat die Polizei nicht mitgenommen? Und wieso hat sie die Notrufnummer missbraucht? Ich verstehe überhaupt nichts mehr. Doch Frau Rühle keucht und stöhnt bei jedem Schritt, weshalb ich nicht weiter nachfrage.

Inzwischen stehen wir vor der Haustür und Frau Rühle bittet mich, den untersten Klingelknopf zu drücken, auf dem Rühle/Nowak steht. Es meldet sich niemand.

„Er geht sowieso nicht an die Tür, maximal ans Küchenfenster."

Prüfend schaut sie auf ein Fenster und zeigt sich

zufrieden, dass es weder geöffnet wird noch die Gardine wackelt. Sie drückt mir einen Schlüssel in die Hand und bittet mich, aufzuschließen. Auch die Wohnungstür.

„Geh vor und schau in jedes Zimmer, ob er da ist!" Glaubt sie, der Einbrecher versteckt sich noch in der Wohnung? Den hat die Polizei längst gefasst. Oder ist er entkommen? Mir fällt ein, dass sie das Haus ohne eine Person in Handschellen verließen. Nur der Krankenwagen könnte ihn mitgenommen haben. Vermutlich wurde der Eindringling bei der Festnahme verletzt und kam ins Krankenhaus. Doch wo ist Herr Nowak? Hat er ebenfalls bei Bekannten übernachtet? Auf jeden Fall wäre ich ebenso vorsichtig wie die alte Frau und würde in jeden Winkel, in jeden Schrank und auch unters Bett schauen, um sicher zu gehen, dass sich kein Fremder in meiner Wohnung befindet.

„Wo ist eigentlich Ihr Mann?"

Die Frau schaut mich an, als hätte ich sie beleidigt und faucht: „Der ist nicht mein Mann! Bewahre!"

„Ich meine Herrn Anton, ihren Partner."

Natürlich weiß ich, dass die Beiden erst im nächsten Monat heiraten wollen, doch die meisten Frauen bezeichnen auch ihre Lebensgefährten als ihren Mann. Ich mag nicht noch einmal fragen und eigentlich auch nicht in diese Wohnung. Die Angst der Frau hat sich längst auf mich übertragen und ich fühle mich in meine Kindheit zurückversetzt, als ich jeden Abend vor dem Zubettgehen in jedem Schrank und sogar unter dem Bett nachsah, ob sich ein Gespenst versteckt hatte.

„Noch einmal kommt der mir nicht hier rein!"

„Wen meinen Sie?"

„Den Nowak. Der hat dieses Chaos verursacht."

Sie spricht von ihrem Partner Anton Nowak.

„Welches Chaos?"

Die Frau winkt mit der Hand ab.

„Schau!" Sie schiebt mich in den Flur. „Alle Spiegel sind verhängt."

„Wo?"

Der große Spiegel neben der Tür sieht ganz normal aus.

„Geh ins Bad! Dort hat er alles breitgeworfen, Wanne und Spiegel verschmiert."

Frau Rühle schluchzt laut auf und zeigt auf eine Tür. Dahinter befindet sich das Bad. Doch auch hier ist alles in Ordnung, es liegen keine Gegenstände auf dem Boden, die Spiegel sind weder beschmiert noch mit Tüchern verhüllt. Ich sehe nur ein Gebiss im Waschbecken liegen und zeige mit der Hand darauf.

„Wirf es weg!", schreit sie hysterisch. „Weg! Weg damit!"

„Gehört es nicht ..."

„*Dem* seins! Ich will das nicht!"

„Ihr Freund wird es brauchen." Ich lege das Gebiss in einen Zahnputzbecher, den ich mit Wasser fülle, und wasche mir die Hände. „Hier ist alles in Ordnung", fasse ich zusammen.

„Ich bin doch nicht verrückt!", ruft Frau Rühle aus. „Ich habe das Chaos mit eigenen Augen gesehen."

Also war doch ein Einbrecher hier. Vielleicht haben ihn die beiden Alten überrascht, als er die Schränke durchwühlte, und die Polizei gerufen. Nach der ganzen Aufregung wird sie zu ihrer Bekannten geflüchtet sein und Herr Nowak hat hier für Ordnung gesorgt.

Frau Rühle schiebt mich in die Wohnstube und anschließend ins Schlafzimmer.

„Die Schranktüren sind alle kaputt und meine Kleider liegen auf dem Boden!"

Auch in diesen Räumen herrscht Ordnung, sogar die Betten sind gemacht, die Schranktüren unversehrt und nichts liegt auf dem Boden.

„Der hat aufgeräumt! Das muss man ihm lassen", sagt sie, obwohl es eher herablassend klingt.

Ich nicke. Herr Nowak hat wirklich gut aufgeräumt, von einem Chaos ist nichts mehr zu sehen. Aber wo ist er?

„Setzen Sie sich erst einmal und beruhigen Sie sich! Soll ich Ihnen etwas zu trinken holen?"

„Ich habe nichts da! Gestern alles in den Ausguss geschüttet: Bier, Wein, Sekt und den Schnaps. Ich brauche das nicht."

Ich hatte eher an ein Glas Wasser gedacht.

„Sag Mona zu mir! Eigentlich heiße ich Monika,

aber das klingt so altmodisch." Sie mustert mich.
„Wie heißt du eigentlich?"

„Sandra. Sandra Kummer."

„Kummer?" Sie lacht schallend. „Mach mir keinen Kummer, Sandra!"

Mich verwirren Monas rasche Stimmungswechsel. Mal weint sie, dann ist sie wütend, sie lacht und erzählt. Zudem verstehe ich nicht, was hier eigentlich passiert ist. Ich verstehe nur, dass sich Mona freut, dass ihr Partner nicht hier ist, aber ich begreife den Grund nicht.

In diesem Moment klingelt das Telefon und Mona schiebt mich aufs Sofa. Obwohl ich keine Zeit habe, bleibe ich sitzen, denn es scheint mir unhöflich, einfach wegzulaufen.

Es scheint ein recht unangenehmer Anruf zu sein, denn sie wiederholt mehrfach wütend: „Damit habe ich nichts zu tun!"Immer wieder höre ich, wie Mona energisch etwas ablehnt, doch zum Schluss sagt sie: „Gut, ich bin gleich da."

„Ich muss los", sage ich und wende mich zur Tür.

„Warte! Ich muss in die Klinik. Fahr mich!" Nach einer kurzen Pause fügt sie ein flehentliches: „Bitte!" an.

Und schon fließen wieder ihre Tränen. Vermutlich ist sie krank, wenn sie sofort in die Klinik muss. Sie scheint mir ziemlich verwirrt, was ich nach all der Aufregung mit Einbruch, Polizei und Feuerwehr gut verstehe.

„Gern, doch ich habe nicht viel Zeit."

Meist komme ich gegen 11 Uhr vom Frühdienst und muss spätestens 17 Uhr wieder im Hotel sein.

„Die Klinik ist gleich vorn an der Hauptstraße, das dauert nicht lange. Ich muss Sachen für den Nowak abgeben, weil *der* nichts mitgenommen hat."

„Heißt das, Herr Nowak ist in der Klinik? Ist er verletzt?"

„Wieso verletzt?"

Er liegt im Krankenhaus, also geht es ihm nicht gut. Immerhin verstehe ich, dass Herr Nowak in das große Krankenhausgelände eingeliefert, das sich keine fünf Fußminuten entfernt befindet, und Mona will ihm Wäsche bringen.

„Das ist wirklich nicht weit. Wir können schnell zu Fuß hingehen."

„Und die schwere Tasche?", fragt sie streng.

Ich helfe gern, doch Frau Rühle hat eine sehr bestimmende Art an sich, die mir von Minute zu Minute unangenehmer wird. Gleichzeitig wirkt sie hilflos, weshalb ich es nicht fertigbringe, sie jetzt im Stich zu lassen.

„Mir geht es nicht gut, weil mir der gestrige Tag noch in den Knochen sitzt. Ich kann kaum gehen."

Ich sehe Tränen in ihren Augen und sofort tut sie mir leid.

„Wissen Sie was? Sie packen die Tasche und ich hole inzwischen mein Auto hier auf den Hof, dann müssen Sie nicht erst über die Straße."

Unterwegs erzählt sie, dass *der Nowak* Ungar ist und sie ihn vor gut sieben Jahren im Urlaub kennenlernte.

„Er war so charmant, dass ich gar nicht merkte, wie er mich um den Finger wickelte. Wir fuhren zusammen hierher zurück. Er hatte nichts bei sich, nur einen kleinen Koffer aus Pappe, nistete sich bei mir ein und zeigte sein wahres Gesicht."

„Was hat er denn gemacht?", erkundige ich mich und rechne mit schlimmen Dingen wie Wutanfällen oder gesetzlosem Verhalten.

„Der trinkt jeden Abend Bier, schaut ständig aus dem Küchenfenster und beobachtet die Nachbarn. Manchmal steht er auf dem Hof und redet dummes Zeug."

„Aber das ist doch nicht schlimm!", versuche ich, sie zu beruhigen.

Sie schaut mich an, als hätte ich sie beleidigt.

„Der gehört in die Nervenanstalt!", spuckt sie giftig aus.

Die nahe Klinik ist kein normales Krankenhaus, sondern eine sogenannte Klapsmühle für Nervenkranke. Hat Mona wirklich ihren langjährigen Freund in die Psychiatrie einliefern lassen, weil er Leute beobachtet und auf dem Hof steht? Fassungslos schüttle ich den Kopf und versuche, mir einzureden, dass ich nur etwas falsch verstanden habe.

„Ich musste endlich etwas unternehmen und habe schon einmal die Polizei gerufen."

„Warum?"

„Weil er überall geklingelt hat."

Das ist zwar lästig, doch kein Grund, die Polizei zu rufen.

„Und was haben die Polizisten gemacht?"

„Nichts! Stell dir das vor! Sie sind einfach wieder gegangen und haben noch frech gelacht."

Fast hätte auch ich gelacht. Doch ich schüttle nur den Kopf. Nicht über die Polizisten, sondern darüber, dass Frau Rühle ihren Partner bei der Polizei anzeigt, weil er bei den Nachbarn klingelt.

„Dann habe ich die Rettung gerufen und denen gesagt, dass der Nowak ..."

Warum nennt sie ihn nie bei seinem Vornamen?

„... getrunken hat. Sie haben ihn erst mitgenommen, als er auf nichts reagierte und sie merkten, dass irgend etwas nicht in Ordnung war. Ich habe denen auch klar gesagt, dass der nach drüben gehört."

„Nach drüben?"

„In die Klapse natürlich! Aber am gleichen Tag kam er mit dem Taxi zurück." Empört schnauft sie. „Ich habe die Ärztin angerufen und gefragt, wieso sie ihn entlassen haben. Da sagt die frech, das hat er selbst getan und ich hätte die Notrufnummer missbraucht. Missbraucht! Stell dir das mal vor!"

Ich mag mir das nicht vorstellen und glaube, dass Frau Rühle verwirrt ist. Das ist nicht schlimm. Doch es ist schlimm, dass sie Herrn Nowak in die Nervenklinik einweisen ließ. Sehr schlimm sogar. Ich versuche, nicht näher darüber nachzudenken und mir einzureden, dass es mich nichts angeht.

Wir parken auf dem Klinikgelände und steigen aus. Mona lässt die Beifahrertür offen und geht zielsicher zum Haupteingang. Ich greife ihre Tasche mit den Sachen, verriegle das Auto und gehe ihr nach.
„Du kannst die Tasche hier abstellen. Darum wird sich eine Schwester kümmern. Ich will damit nichts zu tun haben."
„Wollen Sie Ihren Partner gar nicht sehen?", frage ich irritiert.
„Wozu?" Sie packt meinen Arm, zieht mich zur Tür und hinaus zum Auto. „Hier ist er gut aufgehoben."
Gut aufgehoben? Das klingt, als hätte sie ein Tier abgegeben. Aber kein geliebtes Tier, das gut betreut werden soll, sondern eins, das man nicht wiederhaben will. Auf einmal erscheint sie mir herzlos und durchtrieben, was mich wütend und fassungslos macht. Am liebsten würde ich sie einfach stehenlassen. Ich begreife das alles nicht. Ihr Partner liegt in die Psychiatrie, aber sie will ihn nicht sprechen. Sicher geht es ihm nicht gut und er braucht eine Vertraute, die ihn unterstützt. Ich hoffe, dass es dafür eine ganz einfache Erklärung gibt.

„Und jetzt fahren wir einkaufen!", verkündet Mona fröhlich.

Als sie mein entsetztes Gesicht sieht, lässt sie sich schwer gegen meine Brust fallen und umklammert meinen Arm.

„Ich kann jetzt nicht allein sein", schluchzt sie. „Mir geht es furchtbar elend. Die ganze Nacht lag ich wach und wusste nicht weiter. Gegessen habe ich auch noch nichts."

Sie tut mir leid.

Gleich in der Nähe ist ein Supermarkt. Es macht mir keine Mühe, sie dorthin zu bringen. Zurück nach Hause kann sie leicht allein laufen.

„Nicht hier entlang! Ich mag heute nicht zu Netto. Fahr mich zu Rewe!"

Auch das noch! Ich wollte sie bei Netto absetzen, weil sie von dort auch mit einer schweren Tasche die wenigen Schritte bis zu ihrem Haus laufen kann. Aber nun sind wir einmal unterwegs und ich fahre die etwa drei Kilometer bis zum gewünschten Supermarkt.

„Warte hier auf mich! Ich weiß, was ich will und bin gleich zurück."

So langsam, wie sich Mona vorwärts bewegt, werde ich wohl länger auf sie warten müssen als mir lieb ist. Verärgert nehme ich mein Handy aus der Tasche und lese die letzten Nachrichten meiner Freundin Sofie.

Sofie und ich haben uns in der Berufsschule kennengelernt und arbeiten im gleichen Hotel. Sie hat jetzt Dienst, weshalb ich sie nicht anrufen kann. Ich schicke ihr nur eine SMS: *ne Nachbarin nervt, melde dich!*

Mona steht vor dem Laden und winkt mir zu. Mühsam schiebt sie mir den Einkaufswagen entgegen. Schnell steige ich aus und helfe ihr, die vielen Sachen in einen Beutel und im Auto zu verstauen.
„Die Blumen sind für dich!" Sie drückt mir einen Strauß Tulpen gegen den Bauch, schaut mich streng an und sagt barsch: „Keine Widerrede!"
Die Frau ist seltsam, aber irgendwie amüsiert sie mich. Über die Blumen freue ich mich, nur die unangenehme Geschichte mit ihrem Mann in der Klinik und dem Überfall, der vielleicht gar kein Überfall war, geht mir nicht aus dem Kopf.

*****

Zwei Tage später klingelt es an meiner Tür. Die Kamera an der Haustür zeigt mir Monas Gesicht. Sie klingelt wieder und wieder. Weiß sie, dass ich daheim bin? Ich habe keine Lust zu öffnen, weil ich mich nicht wohl fühle. Mir ist seit dem Morgen seltsam kalt, weshalb ich mir einen Kaffee kochen und dann in die Wanne steigen wollte. Ein Bad und danach eine Stunde Schlaf wären genau richtig, bevor ich am Nachmittag wieder zur Arbeit muss.

Meine Dienstkleidung habe ich bereits ausgezogen und nur noch Unterwäsche an.

Als ein Nachbar das Haus verlässt, nutzt Mona die Gelegenheit und schlüpft durch die nun offene Tür. Ich höre sie auf der Treppe ächzen und keuchen. Vor meiner Tür bleibt sie einen Moment stehen, dann klingelt sie mehrmals und klopft heftig gegen die Tür.

„Ich weiß, dass du da bist."

Vermutlich hat sie mich gesehen, als ich vor einer halben Stunde nach Hause kam. Obwohl ich vermute, dass sie in Not ist und Hilfe braucht, ärgere ich mich. Sie stört! Aber dafür kann sie nichts. Weil sie meine Telefonnummer nicht hat, muss sie sich selbst auf den Weg machen, was ihr sicher schwer fällt.

Ich schlüpfe in meine Jeans und einen Pulli und öffne die Tür. Neben Mona steht eine Reisetasche.

„Du musst mir helfen! Ich weiß nicht weiter."

„Guten Morgen", grüße ich.

Doch Mona antwortet nicht, sie geht entschlossen an mir vorbei, direkt ins Wohnzimmer.

„Wo darf ich mich setzen? Ich weiß nicht mehr weiter."

Ich zeige auf den Sessel.

Doch Mona schüttelt den Kopf.

„Da komme ich nicht wieder hoch."

Sie zieht einen Stuhl unter dem Tisch hervor und lässt sich schwer darauf fallen.

„Du kochst in der Stube?"

Vorwurfsvoll zeigt sie auf meine kleine Küchenzeile an der Wand. Mir reicht sie vollkommen aus, denn ich lebe allein und koche selten, weil ich im Hotel essen kann. Eine Extra-Küche brauche ich nicht, nur noch ein helles Bad und eine Kammer zum Schlafen.

Noch bevor ich antworten kann, fängt Mona an zu weinen.

„Ich bin fix und fertig. Kann ich bei dir schlafen? Nur ein paar Tage."

Bei mir schlafen? Wie kommt sie auf diese absurde Idee? In meinem Kopf beginnt es zu hämmern. Ich kenne diese Frau gar nicht. Sie ist Nachbarin, die zufällig im Haus gegenüber wohnt, eine völlig Fremde. In großer Not wendet man sich an seine Familie oder Freunde oder geht in ein Hotel, aber nicht an einen fremden Nachbarn. Ich habe Mona nur zwei Mal gesprochen und sie will ein paar Tage bei mir schlafen. Sie scheint mir recht verwirrt.

„Nein!", sage ich sehr bestimmt. „Das geht nicht. Ich habe nur ein schmales Bett und diesen einen Sessel."

Ich zeige auf meinen Sessel, der eigentlich eher ein Sack ist, zwar bequem zum Sitzen, aber nicht zum Liegen geeignet. Er stammt noch aus meinem Kinderzimmer, aber ich kann mich nicht von ihm trennen, obwohl der Stoff bereits stark abgeniffelt ist.

„Dorthin ...", sie zeigt auf das Haus, in dem sie wohnt. „Dorthin gehe ich nie wieder! Niemals in meinem ganzen Leben."

„Was ist denn passiert?", frage ich erschrocken.

„So lange *der* dort ist, betrete ich die Wohnung nicht mehr."

„Wer denn?"

„Der Nowak! Wer denn sonst?"

„Ist er nicht in der Klinik?"

Sie antwortet nicht, sondern drückt auf ihrem Handy herum.

„Was hat er denn gemacht?"

Wenn er nicht mehr in der Klinik ist, hat er vielleicht durchgedreht und sie am Ende sogar geschlagen. Doch das kann ich mir nicht vorstellen. Er wirkt auf mich eher ängstlich. Außerdem kann er sich kaum auf den Beinen halten. Und Mona sieht auch nicht verletzt aus.

„Ich muss mal eben telefonieren. Entschuldige!"

Sie spricht mit mehreren Leuten und fragt jedes Mal, ob sie bei ihnen übernachten darf. Bei einigen bettelt sie mit weinerlicher Stimme, anderen teilt sie im Befehlston mit, dass sie in einer halben Stunde da ist. Doch offenbar kann sie keiner aufnehmen.

„Hast du ein Glas Wein für mich? Nur einen winzigen Schluck. Ich bin so fertig, dass ich nicht einmal etwas trinken oder gar essen kann."

Sie kann nicht essen oder trinken, aber sie möchte

Wein. Soll ich behaupten, dass ich keinen Wein habe? Doch sie zeigt bereits auf mein Regal, auf dem je zwei Weiß- und Rotweinflaschen stehen.

„Weißwein wäre gut, wenn er kühl und nicht zu trocken ist."

Mir hat es die Sprache verschlagen und ich starre sie entgeistert an. Wie gelähmt stehe ich mitten im Raum und weiß nicht, ob ich wütend schreien oder resigniert weinen soll.

In diesem Moment klingelt ihr Handy.

„Danke, meine Liebe!", jubelt sie. „Tausend Dank! Ich wusste, du lässt mich nicht im Stich." Und zu mir: „Ich kann bei meiner Freundin schlafen. Fährst du mich? Ist nicht weit, gleich neben der Schule."

Die Schule ist in der Nebenstraße, dorthin können wir leicht laufen, doch Mona sieht sich außerstande, auch nur einen einzigen Schritt zu gehen. Also fahre ich sie mitsamt ihrer Reisetasche zu dieser Freundin.

Beim Aussteigen zeigt sie auf mein Handy, das in der Ablage liegt und verlangt meine Nummer. Ich will ihr meine Nummer nicht geben, aber sie lässt nicht locker und mir fällt kein Argument ein, mit dem ich ablehnen kann.

*****

Von diesem Tag an meldet sich Mona täglich, manchmal sogar mehrmals am Tag. Mal fragt sie, ob ich Blumenerde habe, mal will sie mir Kartoffel-salat schenken, mal will sie nur wissen, wie es mir geht. Und jedes Mal berichtet sie empört Neuig-keiten von Herrn Nowak, den sie nie beim Vorna-men nennt, obwohl sie so viele Jahre mit ihm zu-sammen lebte.

Er wurde nicht nach Hause entlassen, sondern inzwischen in der geschlossenen Psychiatrie unter-gebracht und hat einen staatlich bestellten Betreu-er, der ihn in einem Behindertenheim unterbringen wird. Mona hat nicht vor, ihn dort zu besuchen und seine Kleider und Papiere zu bringen, schon gar nicht, ihm Möbel aus dem gemeinsamen Haushalt zu überlassen. Ich finde das nicht in Ordnung. Natürlich habe ich ihr das gesagt, obwohl es mich nichts angeht. Mir tut Herr Nowak einfach nur leid.

„Ich habe mit *dem* nichts mehr zu tun! Darum soll sich sein Betreuer kümmern."

„Was ist an diesem Tag eigentlich passiert, als in Ihr Haus so viel Polizei, Feuerwehr und Kranken-transport anrückten?"

„Aber du hast doch gesehen, was der angerichtet hat!"

„Nichts habe ich gesehen! Ich weiß nicht einmal, wer das Chaos verursachte."

„Bist du so blöd oder tust du nur so? Ich habe dir gesagt, dass *der* im Treppenhaus gelärmt und überall geklingelt hat."

Na und? Was ist schon dabei? Vermutlich suchte er Mona, die sich in dieser Nacht bei einer Freundin versteckte. Deshalb klingelte er an jeder Tür und verzweifelte dabei immer mehr. Ich weiß nicht, ob die junge Frau, die mit dem kleinen Kind flüchtete, die Polizei gerufen hat oder ein anderer Nachbar. Vielleicht Mona selbst. Trotzdem verstehe ich nicht, warum gut zwanzig Männer nötig waren, den alten, gehbehinderten Mann aufzusuchen und in die Klinik zu bringen. Es scheint mir unwahrscheinlich, dass er nur im Treppenhaus lärmte.

„Ich wollte schon vorher, dass er in die Psychiatrie geht. Aber er hat sich geweigert."

„Warum?"

„Weil der in die Geschlossene gehört! Wäre nicht das erste Mal, der war früher schon in Behandlung."

Mona sagt das zornig, als hätte er etwas Böses getan. Dabei ist er nur krank und braucht Fürsorge und Mitgefühl, vor allem von seiner Partnerin.

„Vielleicht ist er nur dement?", frage ich leise."

„Klar ist er das!"

„Dann braucht er Pflege."

„Aber nicht von mir! Ich lasse mir das nicht bieten."

Nicht bieten? Der Mann ist krank und hilflos.

Auch Mona erscheint mir hilflos. Mir ist klar, dass sie Herrn Nowak nicht allein pflegen kann. Das muss sie auch nicht, denn dafür gibt es gut geschulte Pfleger, die täglich ins Haus kommen und die Kranken waschen und ankleiden. Und wenn es gar nicht anders geht und eine Unterbringung im Pflegeheim nötig wird, könnte Mona ihn besuchen. Aber sie sagt: „Mit *dem* bin ich fertig."

Jeden Tag ruft Mona mindestens zwei Mal an, immer am frühen Nachmittag. Sie weiß, dass ich in der Pause zwischen meinen beiden Arbeitszeiten daheim bin. Sie weiß aber auch, dass ich mich manchmal gern hinlege und eine Stunde schlafe. Jedes Mal beklagt sie sich über *den Nowak*. Und jedes Mal braucht sie meine Hilfe. Ich helfe gern, doch manchmal ist es mir zu viel, zumal Mona täglich ihre Meinung und ihre Termine ändert und ich mir völlig umsonst die vereinbarte Stunde freigehalten habe.

Sofie nennt es Telefonterror. Doch ich glaube nicht, dass die alte Frau böswillig ist. Sie fühlt sich einsam und weiß sich allein nicht zu helfen. Mich belastet die Geschichte jedenfalls stark, während Sofie keine freundlichen Worte für Mona übrig hat.

*****

Gestern standen zwei Polizisten vor meiner Tür und wollte Angaben über Monika Rühle. Zuerst glaubte ich, es sei wieder etwas Schlimmes passiert, doch ihr war nur der Geldbeutel im Supermarkt gestohlen worden und sie hatte mich als einzigen Angehörigen und als Zeugen angegeben.

Dabei bin ich weder mit ihr verwandt noch war ich während des Diebstahls dabei, weshalb ich auch nichts aussagen konnte.

Die Polizisten nahmen meine Daten auf und baten mich, meiner *Tante* zu helfen, ihre Bankkarte sperren und ersetzen zu lassen und einen neuen Ausweis zu beantragen.

Natürlich helfe ich, doch im Moment ist mir nur zum Heulen zumute.

Sofie

Meine Freundin Sofie sagt, ich sei selbst daran schuld, weil ich irgend etwas ausstrahle, weshalb mich die Leute zu allerlei Diensten missbrauchen.

„Ich bin eben gutmütig."

„Nein, du bist dumm, weil du dich ausnutzen lässt."

„Ich lasse mich nicht ausnutzen. Ich helfe nur gern und diese Frau brauchte meine Hilfe."

„Und die wird sie immer brauchen, aber du bekommst nichts zurück, es ist eine Einbahnstraße."

„Sie ist alt und hilflos und beschenkt mich mit Blumen."

Sofie winkt ab.

„Sie ruft dich jeden Tag an und hält dich in Atem."

„Na und? Was ist schlimm daran? Sie ist allein und will sich unterhalten."

„Mag sein. Doch sie ist nicht wirklich einsam und

weiß genau, was sie will. Und hilflos ist sie schon gar nicht. Du hast mir selbst erzählt, dass sie fast täglich in die Stadt zum Einkaufen und Bummeln fährt. Den Stock braucht sie nur, um hilflos zu *wirken*."

„Jetzt bist du garstig."

„Die Alte ist garstig. Wenn ich du wäre, würde ich den Kontakt zu ihr sofort abbrechen."

„Wenn ich du wäre, wäre ich lieber ich", entgegne ich wütend.

„Keiner läuft herum und erzählt allen Leuten, wie glücklich er ist. Doch es gibt gewisse Temperamente wie diese Frau Rühle, die vor allen Menschen ihr Elend in allen Einzelheiten ausbreiten, immer wieder, bis keiner mehr zuhören mag. Nur du hörst ihr noch zu."

„Dir werde ich bald nicht mehr zuhören, wenn du weiter so über Mona meckerst."

„Sei nicht böse!", bittet Sofie und legt ihren Arm um meine Schulter. „Ich will nur, dass es dir gut geht und du dich nicht mit fremden Problemen belastest."

Mich belasten Monas Sorgen, doch es ist nicht wirklich schlimm. Ich kann auch nicht aus meiner Haut.

Sofie und ich sind grundverschieden. Sie braucht Abwechslung, ich Beständigkeit; sie ist oberflächlich, ich eher gründlich. Ich liebe alle Sorten Eis, am liebsten Vanille mit Basilikum und Pfeffer. Sofie mag kein Eis, sie mag Alkohol und findet es normal, zum Essen ein Glas Wein oder Bier zu trinken, am Abend auch gern Sekt oder Schnaps. Sie hält sich für einen Genießer und mich für einen Genussmuffel. Eis und Schokolade zählen für sie nicht zum Genuss, sondern zur Sucht und sei deshalb recht armselig.

Im Grunde hat sie Recht, denn sie genießt immer nur ein Glas zum Essen, während ich keinen Film schauen kann, ohne eine ganze Packung Eis und extra noch eine Tafel Schokolade zu verdrücken. Sofie sagt, ich sei fett wie eine Tonne, aber das stimmt nicht. Sie ist einfach nur zu dünn, weil sie nur während der Arbeit im Hotel isst und sonst nichts. Auch dann nicht, wenn wir zusammen ausgehen, wobei wir selten gleichzeitig frei haben. Wenn ich arbeiten muss und Sofie nicht, trifft sie sich mit Freunden. Sie hat unzählige Freunde, ich habe nur Sofie. Wenn ich frei habe und Sofie nicht, bin ich gern daheim und mache es mir gemütlich. Allein.

Sofie sagt, dass ich nie einen Freund finde, denn es wird niemals einer von ganz allein an meine Tür klopfen. Ich soll ausgehen, aktiv werden. Aber ich gehe nicht gern aus, ich bleibe lieber gemütlich daheim, schaue fern und esse Eis. Außerdem gibt es mit einem Mann mehr Ärger und Frust als Freude und Lust.

*****

Sechs Jahre waren Heiko und ich ein Paar und vier davon haben wir zusammen gewohnt. Er ging fast jeden Abend mit seinen Freunden aus, auch dann, wenn ich frei hatte. Anfangs begleitete ich ihn, aber ich hatte keine Freude daran, in einer Kneipe zu hocken und ihren Gesprächen über Fußball zuzuhören. Ich wollte lieber mit ihm daheim auf dem Sofa sitzen, einen Film anschauen und anschließend darüber reden. Aber Heiko redete nicht gern und mag außerdem nur amerikanische Actionthriller, die ich nicht ertrage. Worin liegt der Sinn, wenn schwer bewaffnete Leute sinnlos in der Gegend herumballern? Wenn Autos und voll besetzte Busse durch die Luft fliegen? Heiko saß nie am Abend auf dem Sofa, um einen Film zu sehen. Lieber ging er ins Kino und erlebte das ganze Elend in Übergröße. Er lachte mich aus, wenn ich Liebesfilme schaute und bei romantischen Szenen weinte.

Anfangs hatte ich gehofft, dass er irgend etwas im Haushalt macht wie Staub saugen oder Geschirr spülen. Aber er saß nur stumm in seiner Ecke und vergrub sich hinter seinen Büchern. Dass er hin und wieder durch die Wohnung lief, sah ich an seiner Jacke auf dem Sofa, dem benutzten Messer auf der Spüle oder der geöffneten Post auf dem

Tisch. Ins Bett ging er Stunden nach mir und stand erst auf, wenn ich gegen elf Uhr vom Frühdienst kam. Manchmal rief ich ihn an und bat ihn, den Tisch zu decken, damit wir zusammen etwas essen und miteinander reden könnten. Aber er sagte stets, dass er keinen Hunger hat.

Wenn ich heute daran zurück denke, verstehe ich nicht, weshalb ich so heftig trauerte, als er mich verließ.

*****

Sofie und ich waren noch in der Ausbildung, als der Chef des Hotels einem Herzinfarkt erlag und seine Frau sofort das ganze Haus umkrempelte. Zuerst kündigte sie der Managerin, von der es hieß, sie sei die Geliebte des Chefs. Ein Zimmermädchen und ein Kellner heirateten und gingen fort, weil sie eine Stelle in der Schweiz fanden und glaubten, dort sei alles besser als hier. Die Arbeit blieb an uns beiden Lehrlingen hängen. Zuerst waren wir sauer, weil wir plötzlich viel mehr arbeiten mussten, doch wir hatten genauso plötzlich Verantwortung, was uns ganz schnell gefiel.

Ich übernehme gern praktische Aufgaben in den Zimmern und der Küche, weshalb ich meist das Frühstück zubereite und anschließend die Zimmer putze. Danach habe ich frei und komme erst gegen Abend zurück, um in der Küche zu helfen. Sofie hat lieber direkt mit den Gästen zu tun, auch mit den herrischen und unangenehmen, die mir Angst machen. Sie bedient das Telefon und am Abend die Gäste im Lokal.

Sobald Sofie jemanden sieht, ordnet sie ihm sofort einen Charakter und einen Beruf zu. Ich mache so etwas nicht, weil ich die Leute nicht kenne und es mir auch gleichgültig ist, was sie machen. Hauptsache, sie sind nett und freundlich zu mir.

*****

„Lass uns heute Abend ins Kino gehen!", fordert Sofie.

„Ich habe Zahnweh und bleibe lieber daheim."

„Geh zum Zahnarzt!", rät sie mir schroff. „Und jammere nicht sinnlos rum!"

Ich jammere nicht. Es ist nur schwer, einen neuen Zahnarzt zu finden. Drei habe ich in meiner neuen Wohngegend gefunden, doch bei keinem bekam ich einen Termin. Der erste geht im nächsten Monat in Rente, der zweite nimmt keine neuen Patienten an und der dritte hatte ein volles Wartezimmer, ist also grottenschlecht organisiert. Wenn ich länger als zwanzig Minuten warten müsste, würde ich einfach davonlaufen. Ich bin schon Tage vor dem Termin krank vor Angst, weil ich keinen Schmerz ertrage, den mir ein Fremder zufügt. An Schlaf ist sowieso nicht zu denken. Deshalb muss ich auch unbedingt zu einer nahen Praxis laufen, weil ich mich in meiner Angst verfahren oder gar einen Unfall bauen würde. Zu meinem alten Zahnarzt will ich nicht wieder gehen. Er arbeitet zwar gründlich, doch er spricht so leise, dass ich seine Erklärungen, was er an meinen Zähnen bastelt und warum, nicht verstehe oder vor Angst nicht verstehen kann. Er spreizt mit einer Klammer meinen Mund, so dass ich gar nicht sagen könnte, wenn ich mit einer Behandlung und deren Kosten nicht einverstanden bin.

Deshalb muss ich unbedingt einen neuen Zahnarzt suchen und so lange ich keinen finde, muss ich meine Zahnschmerzen eben ertragen.

Mein Handy gongt. Eine SMS von Heiko! Ich dachte, ich hätte seinen Namen längst gelöscht.

Alles chic?

Schick. Ich hasse dieses Wort, vor allem, wenn es für *in Ordnung* oder *gut* missbraucht wird. Was soll ich ihm antworten? Was will er überhaupt von mir?

Geht Dich nichts an!

„Wem schreibst du?", will Sofie wissen.

„Heiko."

„Du wirst doch nicht wieder mit dem Arsch anbandeln?"

Ich mag es nicht, wenn sich Sofie so derb ausdrückt. Heiko habe ich geliebt, sechs Jahre lang.

„Geliebt, geliebt!", lästert sie. „Der Typ hat dich

schnöde verlassen, als es dir schlecht ging. Vergiss ihn endlich!"

Damals ging es mir wirklich schlecht. Mir machten die seltsamen Nachbarn angst, die Mülltonnen anzündeten, Wasser in den Keller gossen und Dreck ins Haus schleppten. Ständig war die Polizei vor Ort. Ich fühlte mich von Tag zu Tag unsicherer und habe die Wohnung gekündigt, als damals die Mülltonnen im Hof brannten, die Feuerwehr alles absperrte, die Polizei mich nicht ins Haus ließ und die Nachbarn befragte. Nur drei Monate hatte ich Zeit, eine passende neue Wohnung zu finden und Heiko hatte keine Lust, mir bei der Suche zu helfen. Er ging einfach fort und ließ mich mit all meinen Sorgen zurück.

Seit Wochen haben ich nichts mehr von ihm gehört. Warum meldet er sich jetzt? Will er wirklich nur wissen, wie es mir geht?

Wir MÜSSEN reden!!!!

Er will reden? Sechs Jahre lang wollte ich mit ihm reden, über uns, über sein Studium, über meine Arbeit, über Filme. Sechs Jahre lang sagte er, dass es keinen Grund zum Reden gibt. Weshalb jetzt? *Wozu?*

Sofie schaut auf mein Display und kichert.

„Wir *müssen* reden und müssen auch noch groß geschrieben. Ich lache mich schlapp. *Wir müssen reden* ist der berühmte Spruch aller Frauen, wenn die Beziehung bröckelt."

Sie hat Recht. Es war auch mein Spruch. Heiko redete, aber nicht über uns. Am liebsten redete er über Autos und Fußball. Mich interessiert das nicht, ich hörte trotzdem zu. Nur nicht, wenn er nach dem Spätdienst zur Hochform auflief und endlos erzählte, während ich müde war und nur schlafen wollte. Schließlich musste ich früh aufstehen und konnte nicht wie er bis zum Mittag im Bett bleiben.

„Schieß ihn endgültig ab! Der Typ taugt nichts!"

Sofie mag Heiko nicht. Sie findet ihn langweilig und nennt ihn einen erbärmlichen Schmarotzer. Er ist drei Jahre jünger als ich, studierte zuerst Germanistik und jetzt Medien. Später will er als Texter viel Geld verdienen. Ich habe davon keine Ahnung, aber ich weiß, dass er hin und wieder einen Text für Internetseiten verfasst, was recht gut bezahlt wird.

Ich vermisse Dich und dahinter ein Herzchen.

Ich fehle ihm! Das hat er noch nie gesagt.

„Du wolltest seine Nummer blockieren!", erinnert mich Sofie.

Ich weiß nicht, warum ich es nicht getan habe. Vielleicht hoffte ich anfangs, dass er zu mir zurück kommt.

„Er hat dir nicht einmal beim Umzug geholfen, ist einfach abgehauen."

„Es gab Ärger im Haus."

Sofie verdreht die Augen.

„Das weiß ich. Aber man verlässt nicht seine Freundin, die man angeblich liebt, weil ein Nachbar Lärm macht."

Schon wieder muss ich ihr zustimmen. Dabei wäre ich damals selbst gern fortgelaufen, aber ich stand im Mietvertrag und konnte nicht so schnell weg. Heiko schnappte einfach seine Klamotten und verschwand. Er sagte nicht einmal, wo er hinging, ob er sich meldet oder ob jetzt alles aus ist zwischen uns. Mich ließ er einfach sitzen. Ich habe lange gebraucht, mit all dem Ärger und dem Alleinsein klarzukommen.

Ohne Sofie wäre ich damals sicher komplett verzweifelt.

„Du schreibst ihm jetzt ab!", bestimmt Sofie.

Ich mag es nicht, wenn sie mir sagt, was ich tun soll. Trotzdem schreibe ich *Ich vermisse dich nicht.*

*****

„Schau, der läuft wie ein Roboter!", ruft Sofie laut und zeigt auf eine Gruppe junger Leute. Einer der Burschen hält seine Arme und Beine steif und wirkt tatsächlich eher wie ein technisches Gerät als ein Mensch. Vielleicht ist er krank oder macht gymnastische Übungen.

Er sieht zu uns herüber, überquert die Straße, ohne auf den Verkehr zu achten und stößt mit dem Fuß gegen Sofies Schienbein.

„Bist du närrisch?", schreit sie ihn an.

Er dreht sich zu mir und ich gehe einen Schritt zurück, weil ich nicht auch noch getreten werden will. Doch er steht nur da und schaut mich unverwandt an, weder freundlich lächelnd noch böse.

Dann stupst er seinen Finger auf meine Brust.

Was soll das?, denke ich. Aber ich sage nichts.

„Das ist Kevin", erklärt eine junge Frau. „Er möchte wissen, wie du heißt."

„Sandra", antworte ich verblüfft.

„Und warum hat der mich getreten?", zetert Sofie. „Spinnt der?"

„Kevin erträgt keinen Spott."

„Und ich ertrage keinen Fußtritt!"

Kevin dreht sich zu Sofie um und macht Anstalten, sie noch einmal zu treten. Doch die junge Frau schiebt ihn sanft zur Seite in Richtung der Gruppe, die inzwischen weitergegangen ist.

„Was war das für einer? Der hat sich nicht einmal entschuldigt."

„Ich glaube, der war nicht ganz richtig im Kopf", sage ich lachend.

Die anderen jungen Leute in der Gruppe wirkten ebenfalls irgendwie seltsam auf mich, weil sie eher komisch stolperten als normal zu gehen. Einige schauten auf ihre Füße und versuchten, nicht auf die Ränder der Gehwegplatten zu treten, andere starrten träge und direkt einfältig in die Baumwipfel am Straßenrand. Die junge Frau war wohl eine Art Betreuer.

Claudia

Als ich mit Sofie vor meiner Haustür stehe, öffnet von innen eine junge Frau. Sie ist mir schon mehrmals aufgefallen, weil sie ihr Gesicht immer unter einer Kapuze versteckt. Nie schaut sie auf, nie grüßt sie zurück.

„Hallo!", ruft Sofie. „Wie heißt du?"

„Claudia", flüstert sie und will eilig an uns vorbei huschen.

„Wohnst du hier?"

Claudia nickt und schaut auf ihre Schuhe. Unserem Blick weicht sie aus. Es gibt Leute, die sehen ihr Gegenüber nie an, sprechen in die Luft, gegen die Wand oder wie Claudia auf ihre Schuhe. Leuten, die mir beim Reden nicht in die Augen sehen, kann ich nichts glauben. Deshalb habe ich keine Lust, mit dieser seltsamen Claudia ins Gespräch zu kommen.

„Meine Freundin auch." Sofie zeigt auf mich. „Sie heißt Sandra und ich bin die Sofie."

Das ist typisch Sofie. Sie spricht die Leute einfach an, fragt nach ihrem Namen, dem Woher und Wohin. Ich mache so etwas nicht. Man weiß ja nie, ob das den Leuten recht ist. Und Claudia will eindeutig nicht mit uns reden.

Doch jetzt hebt sie den Kopf und lächelt. Ihr Lächeln wirkt verkrampft, fast ängstlich. Claudia hat ein hübsches rundes Gesicht mit hohen Wangenknochen und leicht schrägen kleinen Augen, was mich an eine Katze erinnert.

„Was hast du da unterm Arm? Einen Stein?"

Claudia lächelt wieder, doch dieses Mal zufrieden.

„Eine Schale. Darin können Vögel baden."

Ich schaue recht verdutzt meine Freundin an.

„Wir wollen ins Kino. Kommst du mit?", fragt Sofie.

So etwas fragt man keine Unbekannte. Sofie schon. Sie denkt sich nichts dabei. Wenn sie etwas wissen will, fragt sie einfach. Claudia betrachtet stumm ihre Schuhe und wirkt irgendwie resigniert.

„Wenn du nichts vorhast, kommst du mit!", bestimmt Sofie.

Mir ist Sofies direkte Art peinlich. Ich kann mich einfach nicht daran gewöhnen.

„Wo wolltest du gerade hin?", will sie wissen.

Das geht sie gar nichts an.

„Auf den Friedhof", flüstert Claudia und schaut wie ein gehetztes Tier um sich. „Dort will ich die Schale aufstellen.

„Die Schale stellst du hier zwischen die Blumen!", bestimmt Sofie.

„Das geht nicht. Die Nachbarn wollen das nicht."

„Das glaube ich nicht. Hast du keinen Balkon?"

Claudia schüttelt den Kopf.

„Aber Sandra hat einen Balkon. Dort stellen wir jetzt das Vogelbadedings auf und gehen dann ins Kino."

Claudia schaut auf ihre Schuhe.

„Ich weiß nicht ...", flüstert sie.

„Aber ich weiß es."

Claudia wollte die Schale auf dem Friedhof aufstellen, weil sie vermutlich dort ein Grab pflegt.

„Du kannst doch nicht einfach ...", sage ich leise.

„Doch! Ich kann!"

Sofie tut es einfach. Und wie immer hat sie mich mitten im Satz unterbrochen. Das macht mich wütend und ich sage ihr das.

„Na und? Ich weiß, was du sagen willst."

„Nein, das weißt du nicht!" Leise füge ich hinzu: „Außerdem kränkt es mich."

„Wie kann dich etwas kränken, das dich eigentlich entlastet?"

Entlastet? Was meint sie mit entlasten? Dass ich nicht weiterreden muss, weil sie glaubt, sie weiß, was ich sagen will?

„Spart Zeit und Spucke", ergänzt sie lachend.

Sofie stupst gegen Claudias Arm.

„Heute wird im Kino ein Film über eine Vogelfrau gezeigt, so ein Frauending. Den wollen wir unbedingt sehen. Komm mit!"

Claudia nickt und lächelt Sofie an. Ich bin fassungslos, wie leicht sie jeden dazu bringt, genau das zu tun, was sie von ihm erwartet.

*****

Genauso hat sie mich kennengelernt. Ich suchte an meinem ersten Tag in der Berufsschule das Zimmer unserer Klasse und stieß auf dem Flur mit Sofie zusammen. Ich murmelte eine Entschuldigung, während sie mich bat, ihr zu helfen. Sie fand ihr Zimmer nicht.

Es stellte sich heraus, dass wir das gleiche Zimmer suchten und sind seitdem dicke Freundinnen, obwohl ich zuerst von ihren ungenierten Äußerungen und der burschikosen Art entsetzt war.

„Du sagst brutal deutlich, was du meinst", kritisierte ich.

„Schließlich will ich verstanden werden."

„Wenn du damit aber jemanden kränkst?"

Sofie zuckte mit der Schulter.

„Das ist nicht mein Problem. Ich rede nicht, um jemandem einen Gefallen zu tun, sondern um zu sagen, was ich zu sagen habe."

Im Grunde hat sie recht. Und doch ist ihre direkte Art oft peinlich und verletzend. Ihr ist das gleichgültig. Sie ist lieber unbeliebt als unecht. Seltsam ist, dass trotzdem jeder sofort Vertrauen zu Sofie fasst und ihr seine Sorgen und Probleme erzählt.

So auch Claudia. Zwar scheint sie mit ihren Gedanken immer woanders zu sein, auch wenn sie uns anlächelt. Irgend etwas geht immer in ihrem Kopf vor, das nichts mit Sofies Späßen zu tun hat.

Auf dem Rückweg vom Kino hakt Sofie Claudia unter und bittet: „Erzähle uns was aus deinem Leben, was du so machst!"

Und tatsächlich beginnt sie zu reden, zuerst leise und unsicher, doch mit der Zeit immer lebhafter.

*****

Claudia arbeitete als Verkäuferin. Ihre Kollegen kritisierten, sie sei übertrieben gründlich und in allem zu langsam. Sie hatte ständig Angst, etwas falsch zu machen und getadelt zu werden, fand nachts weder Schlaf noch Erholung und war deshalb ständig müde und erschöpft. So geriet sie in einen Teufelskreis: Die Müdigkeit machte sie langsam und unaufmerksam, sie machte Fehler und es gab neuen Ärger. Es dauerte nicht lange und sie fürchtete sich schon am Morgen vor der Arbeit und ihren Kollegen, selbst Blicke machten sie nervös. Sie wich ihnen aus, nicht nur den Blicken, auch den Menschen. Schließlich brach sie komplett zusammen und kam in die Klinik.

Es ist genau die gleiche Klinik, in die vor kurzem Monas Partner, Herr Nowak, eingeliefert wurde, eine riesige Psychiatrie.

Claudia wurde nach einem halben Jahr entlassen und fand mit Hilfe ihres Sozialarbeiters die Wohnung hier im Haus. Von hier aus konnte sie jeden Morgen die wenigen Schritte zur Tagesklinik gehen, wo sie weiterhin betreut wurde.

Jetzt ist mir klar, weshalb sie ihr Gesicht unter der Kapuze verbirgt. Sie hat Angst! Angst, dass sie jemand anspricht und vielleicht etwas Böses sagt. Deshalb wundert mich, dass sie sich vor mir versteckte, aber vor Sofies direkter Art keine Angst zeigte. Sie gab Antwort und begleitete uns sogar ins Kino.

„Ich habe mein Leben lang das Gefühl gehabt, nicht dazuzugehören, obwohl ich gern irgendwo dazu gehört hätte. Immer wollte ich alles richtig machen und doch habe ich alles falsch gemacht."

Wer verbissen arbeitet und nicht über sich selbst lachen kann, wird häufig geärgert oder ausgegrenzt. Mobbing kann richtig krank machen.

„Ich habe mich in der Klinik wohl gefühlt."

„Wohl gefühlt?", frage ich ungläubig, weil ich mir nicht vorstellen kann, dass man sich in einem Krankenhaus wohl fühlen kann.

„Beschützt. Ich wusste, mir kann nichts passieren. Keiner ärgert mich."

„Was hast du in all den Monate in dieser Klinik gemacht?", will Sofie wissen.

„Gearbeitet."

Ich schaue meine Freundin an, doch die hat keinen Blick für mich, sondern hängt an Claudias Lippen.

„Als Krankenschwester?"

Claudia schüttelt lächelnd den Kopf und schaut verträumt hinauf in die Wolken.

„Ich durfte in der Gärtnerei arbeiten." Wieder lächelt sie. „Ich liebe Blumen. Wir haben ganz viele Topfpflanzen und Schnittblumen, die im Klinikladen verkauft werden und sind verantwortlich für die vielen Sträucher und Zierpflanzen auf dem Gelände. Außerdem beliefern wir die Küche mit frischen Kräutern."

Sichtlich stolz schaut sie uns an.

„Machst du das hier auch?"

Sofie zeigt auf die Wiese an unserem Haus, an deren Rändern kleine Sträucher, Kräuter und Blumen wachsen.

Verlegen schüttelt Claudia den Kopf.

„Die gehören mir nicht."

„Na und? Wenn du dich mit Pflanzen auskennst, werden deine Nachbarn froh sein, wenn du dich um die Blumen kümmerst und sie pflegst." Sofie schaut mich an. „Stimmt´s?"

Ich habe keine Ahnung und die Blumen am Rand der Wiese kaum angeschaut.

„Das wollen die Leute hier nicht", schnauft Claudia.

„Was wollen welche Leute nicht?", hakt Sofie nach.

„Meine Pflanzen wollen die nicht und mich schon gar nicht."

Ich zucke mit der Schulter und denke mir, dass sich Claudia das alles nur einbildet. Leute mit so wenig Selbstwertgefühl wie Claudia haben ständig Angst, unbeliebt zu sein.

„Wie kommst du darauf?"

Sofie will es ganz genau wissen.

„Ich habe hier links in der Ecke eine kleine blaue Hortensie gepflanzt, aber der Hausmeister hat sie weggemacht."

„Waas?", ruft Sofie empört aus.

„Er sagt, er hätte sie nicht gesehen beim Rasen-mähen."

„Sehen – mähen, sehen - mähen", singt Sofie.

Ich werfe ihr einen bösen Blick zu, weil ihre Albern-heiten im Moment überhaupt nicht passen.

„Weil ich so wütend war und geweint habe, hat mir der Hausmeister eine neue Hortensie geschenkt und gesagt, ich soll sie ganz an den Rand pflan-zen, damit er sie nicht wieder aus Versehen mit dem Rasenmäher erwischt. Sie war lila und wun-derschön."

„Gut!" Sofie klatscht zufrieden in ihre Hände, doch Claudia schaut betrübt zu Boden. „Die Geschichte geht wohl noch weiter?"

Claudia nickt.

„Der Mann aus dem Erdgeschoss hat genau dort, wo meine Hortensie stand, alles umgegraben, weil seine Frau eine kleine Blumenrabatte wünscht. Er sagt, da war nur Unkraut und keine Pflanze."

„Das darf doch nicht wahr sein!", ruft Sofie aus.

„Aus der Klinikgärtnerei habe ich mir wieder eine

blaue Hortensie mitgebracht und in so einen Stein gepflanzt." Sie zeigt in Richtung der Garagen, wo mehrere Pflanzsteine neben- und übereinander stehen. „Doch die Frau aus dem zweiten Stock hat sie rausgerissen und Kräuter und Lavendel eingesetzt."

„Aber warum?"

„Sie sagt, da war keine Hortensie. Sie lügt, weil alle lügen und weil mich keiner mag."

Claudia schaut auf ihre Schuhe, knetet ihre Hände und fängt plötzlich an zu weinen.

„Jetzt redest du Blödsinn!", sagt Sofie streng und knufft Claudia gegen die Schulter.

„Wir mögen dich", sage ich schnell. Dann fällt mir ein, wie ich sie ablenken kann. „Ich brauche deine Hilfe, weil du dich mit Pflanzen auskennst."

Unsicher schaut mich Claudia an.

„Ich habe Samen in meine Balkonkästen gegeben und jeden Tag gegossen, aber es wachsen keine Blumen."

„Was sind das für Samen?"

„Auf der Packung stand *bunte Wiesenblumen* und, dass die Samen garantiert nach zwei Wochen aufgehen. Aber es passiert nichts."

„Dann gehen wir jetzt rauf zu Sandra. Du schaust dir die Balkonkästen an und wir stellen etwas zu trinken und Eis auf den Tisch. Dann quatschen wir weiter", bestimmt Sofie.

Claudia schaut sich meine Balkonkästen an und lächelt.

„Das ist alles Unkraut."

„Aber ich habe frische Erde genommen und die Samen genau nach Vorschrift eingesetzt."

„Einfacher ist es, wenn du fertige Pflanzen kaufst, die es in jedem Baumarkt gibt."

„Kommt endlich, ehe das Eis schmilzt und der Sekt warm wird!", ruft Sofie.

„Ich trinke keinen Alkohol", flüstert Claudia.

„Sekt ist kein Alkohol, nur Blubberwasser", erklärt Sofie. „Sekt geht immer!"

Claudia senkt ihren Kopf, schaut auf ihre Füße und sieht aus, als fängt sie gleich an zu weinen.

„Du musst nicht, wenn du nicht willst", tröste ich und ergreife Claudias Hände.

Doch sie zieht sie zurück und betrachtet verlegen ihre bis aufs Nagelbett abgekauten Fingernägel. Der linke Ringfinger und der mittlere sind bereits entzündet. Es sieht scheußlich aus! Als Claudia meinen bestürzten Blick bemerkt, versteckt sie ihre Hände hinter dem Rücken.

„Du knaubelst!", ruft Sofie halb erstaunt und halb empört aus.

Typisch Sofie! Sie muss es auch noch laut und vorwurfsvoll aussprechen, obwohl sie weiß, dass unsere neue Freundin Probleme mit Kritik hat.

Fast trotzig antwortet Claudia: „Ich habe schon immer Nägel gekaut."

„Na bravo! Und du willst deshalb immer Nägel kauen?"

„Natürlich nicht", flüstert sie. „In der Klinik schmierten sie eine übel riechende Tinktur auf die Finger und stülpten zusätzlich Gelfingerlinge darüber."

„Aber warum knaubelst du jetzt wieder? Es sieht scheußlich aus!"

Wütend stupse ich mit meiner Hand an Sofies Arm, weil sie alles, was ihr durch den Kopf geht, ohne Rücksicht einfach ausspricht. Dabei hat sie doch gerade erfahren, mit welchen schlimmen Problemen sich Claudia plagt.

„Das ist nur eine dumme Angewohnheit, nicht weiter tragisch."

„Mit solchen Fingern findest du nie einen Freund!", trompetet Sofie.

„Ich habe schon einen Freund", verkündet Claudia stolz. Fast ängstlich ergänzt sie leise: „Der will ein Kind. Ich auch."

„Na, wunderbar!", ruft Sofie aus und klatscht in die Hände. „Darauf müssen wir anstoßen!"

„Ich habe auch Apfelsaft", biete ich an und stelle Claudias Sektglas beiseite.

„Du willst also ein Kind?", erkundigt sich Sofie interessiert.

Claudia nickt, doch sie schluchzt: „Aber es geht nicht."

„Warum? Klappt es nicht?"

Claudia schlägt ihre Hände vors Gesicht. War ihr

die Frage zu direkt?

„Ich bin schon vierunddreißig Jahre alt und habe große Angst vor einer Risikoschwangerschaft."

„Ach was!", winkt Sofie ab. „Meine Schwester bekam mit 38 ihr erstes Kind und hat jetzt mit 45 ihr drittes."

„Sind die Kinder gesund?"

„Klar! Warum nicht?"

„Mein Arzt sagt, ältere Frauen haben häufiger eine Fehlgeburt und das Kind könnte mit Down-Syndrom zur Welt kommen."

„Du bist überhaupt nicht alt! Lass dir das von niemandem einreden! Auch nicht von deinem Arzt."

Ich denke, dass Claudia auf ihren Arzt hören sollte. Und der hat gesagt, dass im Alter gesundheitliche Probleme zunehmen, schon Rückenschmerzen könnten während der Schwangerschaft zu Komplikationen führen, erst recht chronische Krankheiten und Bluthochdruck.

„Bist du denn krank?", erkundige ich mich.

Sie duckt sich, als fürchte sie sich vor einem Schlag ins Gesicht.

„Ich nehme doch so starke Medikamente ..."

„Was für Medikamente?", unterbricht Sofie.

„Antidepressiva, Schlafmittel und Betablocker. Die müssen erst langsam abgebaut werden." Claudia schluckt. „Und das kann lange dauern."

„Na und? Dann dauert es eben lange. Du hast alle Zeit der Welt."

„Habe ich nicht!", schreit Claudia auf. „Ich habe euch doch gesagt, wie alt ich schon bin. Außerdem geht es mir ohne meine Medikamente schlecht."
Jetzt weint sie heftiger.

„Was meinst du damit, dass es dir schlecht geht?" Wütend stoße ich Sofie an. Merkt sie nicht, dass sie mit ihren Fragen nervt? Außerdem ist klar, wogegen Antidepressiva und Schlafmittel helfen.

„Ohne meine Tabletten ist alles so schlimm wie früher. Ich habe Angst, vor die Tür zu gehen. Ich habe Angst vor all den vielen Leuten um mich herum. Ich habe Angst, allein zu sein. Ich habe Angst vor all den bösen Gedanken, die mich in der Nacht quälen. Schlafen kann ich sowieso nicht mehr."

„Dann trinke einen Betthupferl! Ein Glas Wein und ein Schnäpschen."

„Ich habe doch gesagt, dass ich keinen Alkohol trinke. Nie!", faucht Claudia und schaut Sofie böse an.

„Warum?"

Warum will Sofie den Grund wissen? Der geht sie gar nichts an. Vielleicht schmeckt ihr kein Wein. Oder sie hält Alkohol generell für schädlich.

„Alkohol ist wegen der Medikamente verboten."

„Hat aber nicht solch schlimme Nebenwirkungen wie deine blöde Medizin."

Ich werfe Sofie einen warnenden Blick zu, doch das stört sie nicht und hält sie nicht davon ab, auf Claudia einzureden.

„Ich will aber nicht, dass mir ständig schwindlig und übel ist und mein Bauch weh tut."

Sofie kichert.

„Na und? Wenn man schwanger ist, kotzt man auch ständig."

Erschrocken schaut Claudia auf und fragt: „Ist das wirklich wahr?"

„Klar! Ist völlig normal."

„Ich will ein Kind, aber ich habe Angst vor Komplikationen."

„Das ist ganz einfach: Wenn du ein Kind willst, musst du wohl oder übel die möglichen Komplikationen in Kauf nehmen. Wenn du keine Komplikationen willst, musst du wohl oder übel auf das Kind verzichten."

Für Sofie ist immer alles ganz einfach. Sie denkt kurz nach, trifft eine Entscheidung und macht sich dann keine weiteren Gedanken. Dieses Hin und Her, mit dem sich Claudia plagt, kennt und akzeptiert sie nicht.

"Jeder muss wissen, was er will und ist für sein Leben und sein Glück selbst verantwortlich", fasst sie zusammen.

*****

Claudia besucht mich hin und wieder. Sie trinkt wegen ihrer vielen Medikamente keinen Alkohol, aber sie isst ebenso gern Eis wie ich. Manchmal sehen wir uns einen Film an, doch das gestaltet sich oft schwierig, weil sie Liebesszenen nicht erträgt. Leicht bekleidete Frauen oder gar nackte Körper findet sie abstoßend und vulgär. Wenn sich ein Paar küsst, schaut sie weg oder verlangt, dass ich sofort ausschalte. Besonders empört reagiert sie auf den Film „Sex and the city".

„Es ist so widerlich, wie sich diese Frauen an jeden Mann schmeißen."

Normalerweise amüsiere ich mich über diese vier aufgetakelten Singles, die mit allen Mitteln versuchen, einen Mann zu ergattern. Natürlich stimmt es, dass sich die Frauen ziemlich primitiv und ordinär benehmen bzw. überhaupt nicht benehmen, doch man sollte die Handlung locker sehen, weil sie absichtlich überspitzt dargestellt wird. Kein normaler Mensch verhält sich derart unflätig wie diese Amerikanerinnen. Aber genau das macht den Witz des Films aus.

„Was magst du für Filme?", frage ich.

„Jedenfalls nicht so etwas!"

„Tierfilme?"

Claudia denkt nach.

„Die für Kinder schon, aber keine Dokus, die sind eklig!"

„Was ist an Dokumentarfilmen eklig?"

„Das Begatten", flüstert sie und knaubelt hektisch an ihren Fingernägeln.

„Was ist daran so schlimm?"

„Es ist eklig!", ruft sie aus und ihre Wangen laufen dunkelrot an.

„Es ist natürlich!", korrigiere ich. „Auch beim Menschen. Findest du es etwa auch bei deinem Freund eklig?"

Claudia schaut mich verständnislos an und mir ist sofort klar, dass ich zu weit gegangen bin.

„Du weißt, dass ich jetzt nicht schwanger werden darf."

Ich nicke.

„Ich weiß." Und nach einer Pause: „Du verhütest also?"

„Warum sollte ich?"

„Warum wohl? Damit du nicht schwanger wirst", gebe ich etwas genervt zurück.

Manchmal ist Claudia wirklich recht schwerfällig beim Denken und Verstehen.

„Aber ich bin doch noch nicht einmal verheiratet!", ruft sie empört aus.

Fassungslos schaue ich sie an, weil ich vermute, dass sie mit 34 Jahren noch Jungfrau ist und sich für die Hochzeitsnacht aufspart. Sofie hätte sofort nachgefragt, doch ich frage so etwas natürlich nicht.

„Niemals würde ich verhüten! Mit meinem künftigen Mann komme ich nur zusammen, wenn wir das Kind zeugen. Wir sind anständige Leute."

Was meint sie mit anständig? Ist Sex für sie unanständig und nur erlaubt, um Nachwuchs zu zeugen? Ich bezweifle, dass ihr Freund es genauso sieht. Doch auch das frage ich nicht. Dabei fällt mir ein, dass wir noch nie über ihren Freund sprachen. Und mir fällt ein, dass ich ihn noch nie hier im Haus gesehen habe.

„Was macht dein Freund eigentlich?"

Sofort lächelt Claudia.

„Er arbeitet in einer Computerfirma hier in der Stadt. Wir sehen uns jeden Dienstag."

„Immer Dienstags? *Nur* Dienstags?"

Sie nickt glücklich.

„Das ist der schönste Tag der Woche für mich."

Wenn ich verliebt bin, will ich meinen Freund jeden Tag sehen, spüren, küssen, umarmen. Dieses Bedürfnis scheint Claudia nicht zu kennen.

*****

Eines Tages sagte sie mir, dass sie heiratet und kurz darauf war sie verschwunden. Ohne Adresse, ohne Handynummer. Ich wusste lange nicht, ob sich ihr Kinderwunsch erfüllte.

Erst sieben Jahre später erfuhr ich durch einen Zufall, dass sie einen Sohn hat, sich aber von ihrem Mann trennte. Der Junge lebt abwechselnd eine Woche bei ihr und eine Woche beim Vater. Sie arbeitet nicht mehr als Verkäuferin, sondern in einem Kindergarten. Das klappte über eine Teilzeit-Umschulung durch die Arbeitsagentur. Claudia wollte nicht zurück an den alten Arbeitsplatz. Doch ich bezweifle, dass es besser ist, mit einer psychischen Störung Kinder in einer KiTa zu betreuen.

Kevin

„Brauchen Sie Hilfe?", frage ich einen alten Mann, der irgendwie verloren an der Kreuzung steht und suchend umherschaut. Er ist mir schon oft aufgefallen, weil er nicht normal läuft, sondern seine Füße bei jedem Schritt weit nach außen stellt. Er geht sehr langsam und unsicher. Meist steht er stundenlang vor dem Bäcker und grüßt alle Leute, die dort ein- und ausgehen.

„Ich will Lotto, Lotto spielen. Gehst du heim?" Er zeigt auf das Haus, in dem ich wohne. „Oder kommst du mit, mit?"

Fast hätte ich laut gelacht, weil er einige Worte wiederholt und beim letzten Wort die Stimme wie bei einer Frage anhebt.

Weil es hier in der Nähe nur einen Bäcker und den Supermarkt gibt, frage ich: „Wo kann man denn Lotto spielen?"

„Ist ein Stück, Stück zu laufen. Da habe ich Mühe, viel Mühe. Aber es geht, geht?" Er lacht mich an. „Du bist neu hier, neu?"

Ich nicke.

„Ich wohne schon seit sechsundvierzig Jahren hier,

sechsundvierzig."

„Das ist eine lange Zeit."

„Nicht wahr, wahr?"

Der Mann holt den Lottoschein aus seiner Tasche und zeigt ihn mir.

Was soll ich damit? Will er, dass ich ihm den Weg abnehme? Ich möchte ihm gern helfen, weiß aber nicht, wo die Lottostelle ist.

„Ich will Lotto spielen, Lotto", wiederholt er und wedelt mit dem Zettel.

Hoffentlich lässt er ihn nicht in den Schmutz fallen oder verliert ihn am Ende.

„Vorsicht!", mahne ich. „Stecken Sie den Schein lieber in die Tasche!"

„Bist du aus der Klinik? Klinik?"

Wieso Klinik? Irritiert schüttle ich den Kopf.

„Nicht? Hier wohnt in jedem Haus jemand aus der Klinik, Klinik. Viele Schwestern, Pfleger, Ärzte und Patienten. Ich auch, auch."

„Ich nicht. Ich arbeite in einem Hotel."

„Warum? Hier sind alle Leute aus der Klinik, Klinik.", wiederholt er.

So langsam verstehe ich. Ich wohne in der Nähe der Psychiatrie, weshalb hier vor allem Mitarbeiter und Patienten leben. Das ist praktisch. Doch jemand wie ich wundert sich über die vielen seltsamen Nachbarn.

„Kennst du meine Söhne, Söhne? Die besuchen mich jeden Sonntag, Sonntag."

„Nein, Ihre Söhne kenne ich nicht."

„Hast du einen Mann, Mann?"

Will er mich verkuppeln? Das finde ich lustig und kann mir das Lachen kaum verkneifen.

„Ich brauche keinen Mann."

„Nicht? Du magst eine Frau, Frau?"

Jetzt lache ich laut, was mir sofort peinlich ist.

„Ich muss gehen. Schönen Tag noch!", stammle ich und gehe weiter.

„Warte! Warte!", ruft der Mann mir nach, aber ich drehe mich nicht noch einmal um.

Später erfahre ich, dass der Mann früher bei der Eisenbahn arbeitete. Als er in Rente ging, wollten er und seine Frau ihre erste große Reise machen. Es sollte mit dem Flugzeug nach Thailand gehen. Seine Vorfreude war so übermäßig, dass er einen Tag vor dem geplanten Abflug einen psychischen Schock, einen Nervenzusammenbruch erlitt. Seine Frau rief den Notarzt, der den Mann in die nahe Klinik einwies, wo er viele Monate behandelt wurde. Seitdem ist er verwirrt. Doch er kann kurze Wege gehen. Meist steht er auf dem Fußweg und spricht Passanten an – wie mich.

*****

Eine Gruppe junger Leute kommt mir auf dem schmalen Fußweg entgegen. Sie gehen zu zweit nebeneinander und machen keine Anstalten, auszuweichen. Mir bleibt nichts anderes übrig, als in eine Hauseinfahrt zu treten, um ihnen Platz zu machen.

Einer der Männer bleibt neben mir stehen und tippt mit seiner Hand auf meine Brust.

„Sandra."

Überrascht weiche ich einen Schritt zurück.

„Kevin hat dich erkannt und freut sich", erklärt eine Frau.

Ich freue mich nicht und halte es auch nicht für erwähnenswert, dass er mich erkannt hat. Soll er sich freuen oder nicht. Mir ist es gleichgültig. Aber es gefällt mir nicht, dass mich die Frau wieder duzt, als wären wir alte Bekannte. Kevin dagegen rührt und ängstigt mich zugleich, weil er mich dreist anstarrt, ohne durch ein Lächeln seine Freude zu zeigen. Sogar seine Augen sind völlig ausdruckslos. Sie sehen die Dinge, doch sie zeigen kein Gefühl. Kalt und seelenlos. Schließlich heißt es: Die Augen spiegeln die Seele.

Deshalb frage ich die Frau, woran sie seine Freude erkennt. Seine Miene und sein Blick sind wie eingefroren und zeigen weder Freude noch Ärger.

Wieder tippt dieser Kevin mit seinem Finger gegen meine Brust. Das tut zwar nicht weh, ist mir aber unangenehm.

„Er möchte, dass du ihn besuchst."

Wie komme ich dazu? Ich kenne ihn nicht und mag

ihn auch nicht kennenlernen.

Verärgert frage ich: „Kann er das nicht selber sagen?"

„Können kann er schon, doch er spricht nicht so gern."

„Dann kann ich auch nichts machen."

Die Frau packt Kevin rasch von hinten an beiden Armen und dreht ihn zur Seite. Sofort wird mir der Grund dafür klar, denn Kevin wollte sie treten, traf aber nur die Luft. Ich weiß nicht, woran sie das gemerkt hat, denn er hat keine Anzeichen für Ärger oder gar Zorn gezeigt. Sein Gesicht bleibt unverändert gleich wie bei einer in Stein gehauenen Statue – ohne jede Mimik.

„Ich gebe Sandra unsere Adresse", wendet sie sich an Kevin. „Wenn sie Zeit hat, wird sie dich besuchen."

Sie steckt mir eine Visitenkarte zu und ruft munter: „Weiter geht´s!"

Wie kommt diese Person dazu, dreist zu behaupten, ich würde diesen Idioten besuchen, sobald ich Zeit hätte? Das werde ich auf gar keinen Fall! Ich kenne den Typ nicht und habe nicht vor, ihn kennenzulernen. Sie soll sich ihre blöde Karte sonstwohin stecken. Aber ich halte sie bereits in der Hand und starre mit offenem Mund darauf. Ich lese, dass die Frau Nadja Schröder heißt und Sozialarbeiter in der nahen Psychiatrie ist.

Doch bevor ich die Karte in den Müll werfe, wo sie

hingehört, werde ich sie Sofie zeigen.

*****

„Stell dir vor, dieser Kevin …"

„Welcher Kevin?"

„Der dich getreten hat. Also dieser Kevin hat mich wiedererkannt."

„Na und?"

„Die Sozialtante sagt, er könne keine Gefühle zeigen, will aber, dass ich ihn besuche."

Sofie lacht schallend. Das gefällt mir nicht. *Sie* ist es, die normalerweise mit Hinz und Kunz redet, die sich für alle und jeden interessiert und nun lacht sie mich und diesen Kevin aus. Dabei habe ich weder mit ihm gesprochen noch gesagt, dass ich ihn besuchen werde.

„Lach nicht so blöd!", fauche ich sie an.

„Blöd, blöd", singt sie. „Du bist blöd, wenn du den blöden Kevin besuchst."

„Vielleicht ist er gar nicht so blöd, wie er aussieht. Vielleicht ist er ganz nett", sage ich halb trotzig und halb unsicher.

„Kevin ist aber nicht nett. Er hat mich getreten. Du solltest dich nicht um fremde Probleme kümmern! Die ziehen dich nur runter."

Wie immer hat Sofie mit ihrer schnellen und direkten Einschätzung Recht. Doch vielleicht *ist* dieser Kevin gar kein Problem, vor allem nicht für mich, sondern eher für sich selbst. Vielleicht sollte ich ihn besuchen und zwar einfach nur, um Sofie zu widersprechen.

Gleich am nächsten Tag rufe ich Frau Schröder an und vereinbare einen Termin mit ihr. Sie sagt, es sei wichtig, dass ich zuerst über Kevin und seine Besonderheit Bescheid wissen muss, bevor ich ihn treffe. Das wundert mich zwar, doch ich stimme zu.

*****

Zuerst bittet mich Frau Schröder, sie zu duzen, weil das ist für sie und auch für ihre Schützlinge einfacher ist. Dann erzählt sie mir Kevins Geschichte.

Kevin ist Autist. Das sind Menschen, die unter einer Reizüberflutung leiden. Kevin hört und fühlt alles um ein Vielfaches stärker als andere Menschen. Zum Beispiel empfindet er das Wasser aus der Dusche wie Nadelstiche, Lampen sind ihm zu hell, Autos und Stimmen zu laut. Deshalb flüchtet er in eine eigene Welt und wirkt auf sein Umfeld teilnahmslos, als verstünden er nichts, als wäre er dumm. Doch das ist ganz und gar nicht der Fall. Er ist sogar hochbegabt.

Autisten blenden bewusst alles um sich herum aus und konzentrieren sich auf eine Sache, die ihnen wichtig ist, sind direkt darauf fixiert. Sie schauen die Menschen nicht gern direkt an, nehmen also deren Mimik nicht wahr oder deuten sie falsch. Sie mögen keine Veränderungen und haben meist einen ausgeprägten Ordnungssinn.

So auch Kevin. Er ist im Gebirge aufgewachsen und besuchte dort eine kleine Dorfschule. Leider wurde diese Schule geschlossen, weil es immer weniger Kinder im Ort gab. Die tägliche Fahrt mit dem Bus zur nächsten Schule war für Kevin eine Qual, denn er ertrug weder den Lärm der vielen Kinder noch die neue Situation in einer fremden Stadt, einer anderen Schule zwischen anderen Kindern. Autisten mögen keine Veränderungen. Sie kommen nur sehr schwer damit zurecht und können davon sogar krank werden. Kevin wollte nicht mehr in die fremde Schule fahren und versteckte sich jeden Morgen. Er schrie und strampelte mit den Füßen, wenn er in den Bus geschoben wurde, während den Kindern dieses Theater gefiel und sie klatschten und johlten und ihn grob auf einen Sitz stießen. Kevin zog sich zurück und hörte auf zu sprechen. Deshalb verwies ihn die Regelschule an eine Förderschule. Auch dorthin brachte ihn ein Bus, doch dieser Bus war klein, ein Sonderbus für nur fünf Kinder. In der Förderschule mit kleinen Klassen fühlte sich Kevin zwar wohl, doch er war unterfordert, was ihn aggressiv machte. Wieder bekam er Schwierigkeiten und man riet seinen Eltern, ihn mit Hilfe von Medikamenten zu beruhigen.

Doch das wollten sie nicht. Sie suchten einen Ausgleich für ihn. Doch das war nicht so einfach, weil Kevin nicht zu spielen verstand. Weder konnte er einen Ball fangen noch Rad fahren oder rennen. Deshalb kauften ihm seine Eltern einen Computer und waren völlig überrascht, wie schnell er damit zurecht kam, ohne, dass ihm jemand zeigte, wie er damit umgehen muss. Kevin interessierte sich nicht wie andere Kinder für digitale Spielwelten, sondern für fremde Sprachen. Ausgerechnet Sprachen, obwohl Kevin mit keinem Menschen spricht, nicht einmal mit seinen Eltern. Er tauchte wie in seinen Büchern in fremde Leben ein, ohne selbst daran teilnehmen zu müssen. Ihn faszinierte, wie Italiener, Russen, Finnen und Norweger leben und beherrschte deren Sprachen in kurzer Zeit. Das bemerkten die Eltern erst, als er sich zu diversen Fernstudien anmeldete. Sie übernahmen gern die Kosten und freuten sich mit ihm, als ihm eine Agentur regelmäßig Fachartikel zum Übersetzen schickte und seine Arbeit gut bezahlte.

„Kevin kann wie die meisten Autisten seine Gefühle nicht zeigen, er kann auch nicht lügen und nicht über Belangloses reden. Auch wenn er sehr sachlich und nicht die Spur von romantisch ist, so sucht er wie jeder Mensch Liebe und Geborgenheit. Wer einfühlsam ist und keine Romantik erwartet, hat einen zuverlässigen Partner.“

Nadja schaut mich prüfend an.

„Was willst du mir damit sagen?"

„Nichts und gleichzeitig alles. Kevin ist etwas ganz Besonderes."

„Das dachte ich mir", gebe ich boshaft zurück.

„Darum ist er auch hier in der Klinik."

Nadja seufzt.

„Entschuldige!", murmle ich verlegen.

Aber ich ertrage keine Übertreibungen. Es mag sein, dass es besonders ist, wenn man keine Gefühle zeigen kann. Doch besonders gut ist es auf keinen Fall. Eher recht seltsam und vor allem unangenehm.

„Kevin hat eine tragische Vergangenheit."

Das habe ich mir schon gedacht. Vielleicht möchte Nadja, dass ich Mitleid mit ihm habe und mich um ihn kümmere, ihn besuche, Kekse mitbringe. Aber dazu bin ich nicht bereit. Warum bin ich überhaupt hier? Am besten, ich gehe sofort wieder. Ich muss diesen seltsamen Kevin nicht sehen.

„Ich muss los!"

Doch Nadja erzählt einfach weiter.

„Er lebte daheim bei seinen Eltern im gewohnten Umfeld und verdiente recht gut als Übersetzer. Doch dann verunglückten seine Eltern tödlich und er fiel in ein tiefes Loch."

Das geht mir nun wirklich nahe. Der Verlust von Vater *oder* Mutter ist für jeden Menschen schwer zu verkraften, erst recht, wenn man durch einen

Unfall plötzlich beide gleichzeitig verliert und von einem Moment auf den anderen ganz allein ist.

„Hat er keine Verwandten?"

Nadja schüttelt den Kopf.

„Er verwahrloste. Nachbarn informierten das Ordnungsamt. Aber die konnten nichts ausrichten."

„Warum?"

„Weil jeder Mensch das Recht auf Verwahrlosung hat."

Ungläubig schüttle ich den Kopf.

„Kevin lebte in seinem eigenen Haus und muss dort keine Ordnung halten. Schließlich gefährdet er keinen Nachbarn und schadet keinem Vermieter."

„Dass er allein nicht zurecht kommt, interessierte wohl niemanden?", frage ich empört.

„Eine Nachbarin fand ihn wenig später, als er wie tot vor dem Haus lag. Sie rief die Rettung."

Ich seufze betroffen und gleichzeitig erleichtert und bitte: „Erzähle weiter!"

„Kevin hat nie gelernt, einzukaufen oder jemanden um Hilfe zu bitten. Er war bis auf die Knochen abgemagert und es bestand Lebensgefahr. Deshalb brachte man ihn hierher in die Psychiatrie und päppelte ihn auf. Erst hier wurde bei ihm Autismus diagnostiziert."

„Ist das eine Krankheit?"

Nadja räuspert sich.

„Eher eine Entwicklungsstörung, die leider nicht heilbar ist."

Entwicklungsstörung. Ein seltsames Wort.

„Kevin bekam einen gerichtlichen Betreuer."

Seit ich hier wohne, höre ich häufig davon, dass Erwachsene betreut werden. Vorher kannte ich das nur von Alten und Kranken, die sich nicht selbst versorgen können.

„Der steckte ihn in ein Heim für körperlich und geistig Behinderte. Man sah wohl keinen anderen Ausweg, weil er allein nicht zurecht kommt." Nadja seufzt. „Auch in diesem Heim kam er nicht zurecht. Er arbeitete er in einer Behindertenwerkstatt und fertigte Bürsten."

Sie verdreht ihre Augen.

Ich kann mir denken, dass diese Arbeit Kevin nicht erfüllte.

„Schon nach zwei Monaten landete er wieder bei uns. Er sollte ruhiggestellt werden, weil er in einem Wutanfall sämtliche Computer der Heimleitung vom Netz gerissen hatte. Keiner konnte sich seine plötzliche Zerstörungswut erklären, weil er meist ruhig in seiner Ecke sitzt und Kontakte meidet.

Bei seiner ersten Untersuchung sprang Kevin auf und klopfte auf den Laptop des Arztes. Natürlich dachten alle, dass er diesen zerstören wollte. Zum Glück blieb der Arzt entspannt und fragte Kevin, ob er ihm etwas zeigen wolle. Und richtig! Endlich konnte Kevin beweisen, dass er einen Computer braucht."

„Zum Übersetzen, nicht wahr?"

„Genau. Und auch, um uns etwas mitzuteilen. Du weißt ja, dass er nicht spricht, aber mit seinem Textprogramm drückte er sich sehr deutlich aus. "

„Hat er seinen eigenen PC wiederbekommen?"

„Leider nicht. Keiner wusste, wo dieser gelandet war. Somit sind auch alle seine Arbeiten und Übersetzungen verschwunden."

„Ach, du großer Schreck!", rufe ich aus. „Wie hat er den Verlust verkraftet?"

„Das weiß ich nicht. Ich glaube, er ist einfach nur zufrieden, wieder einen Computer zu haben. Über seine Mailadresse konnte er den Kontakt zur Übersetzeragentur wieder aufleben lassen."

„Dann hat er jetzt ein gesichertes Einkommen."

„Ja und nein. Er verdient ausreichend, kann aber nicht mit Geld umgehen und auch nicht allein wohnen. Er braucht einen Ort, wo man ihn versorgt, aber in Ruhe arbeiten lässt."

Das scheint mir logisch und auch nicht schwierig zu sein.

„Es ist nur sehr schwer, solch einen Ort für ihn zu finden. Am Montag zieht er in eine sozialtherapeutische Wohngemeinschaft zusammen mit geistig und körperlich Behinderten. Dort hat er zwar sein eigenes Zimmer, muss sich aber an die Gruppe und deren Tagesablauf anpassen. Das könnte gut funktionieren, aber auch komplett schief gehen."

„Warum erzählst du mir das alles?"

„Weil Kevin dich mag und ich spüre, dass du ihm

gut tust.“

„Das mag sein, doch ich bin nicht seine Krankenschwester.“

Wieder schaut mich Nadja prüfend an. Dann sagt sie ernst: „Du sollst nicht auf ihn aufpassen. Ich will nur, dass du ihn verstehst und nicht ablehnst, weil er anders ist.“

Ich habe ein mulmiges Gefühl, als mich Nadja zu Kevin begleitet, und wäre am liebsten einfach wieder gegangen.

„Ich habe nichts mit, was ich ihm schenken kann. Saft oder Blumen.“

„Das braucht er nicht. Schön wäre eine Bezugsperson, die er mag. Und dich mag er.“

Bezugsperson. Das klingt nach Dauer. Wieder ärgere ich mich, hierher gekommen zu sein. Sofie hat Recht mit ihrer Warnung vor fremden Problemen, die man sich zu eigen macht und nicht mehr los wird.

„Hallo, Kevin“, grüße ich leise und versuche ein Lächeln.

Er lächelt nicht und antwortet auch nicht, sondern stupst nur seinen Finger gegen meine Brust. Grüßen wird er wohl können. Oder hat Nadja gesagt, dass er überhaupt nicht spricht? Dann kann ich gleich wieder gehen. Ich mache mich hier nicht zum Affen.

„Ich habe nicht viel Zeit und wollte nur sehen, wo

du wohnst und wie es dir geht."

Wieder stupst mich Kevin an.

Verärgert drehe ich mich zu Nadja um.

Kevin hält seinen Laptop hoch.

„Du willst Sandra einen Brief schreiben? Das ist eine gute Idee."

Für Kevin vielleicht, für mich nicht. Ich habe keine Lust, mit einem Gestörten, der nicht mit mir redet, sondern mich nur anstupst, Briefe auszutauschen. Kein Mensch schreibt heutzutage Briefe. Man ruft an oder schickt eine kurze SMS.

„Nenne einfach deine Mailadresse! Kevin hat ein ausgezeichnetes Gedächtnis. Er vergisst nichts, wirklich gar nichts."

Sie fragt mich nicht, ob ich das will, sondern ordnet einfach an. Am liebsten würde ich ihr jetzt laut und deutlich klar machen, dass ich nicht ihr Patient bin. Und doch nenne ich meine Adresse, vielleicht nur, um endlich hier wegzukommen.

*****

Schon am Abend erhalte ich Nachricht von Kevin.

Hallo, Sandra – Du bist eine wunderschöne Frau, weshalb ich Dich immerzu anschauen möchte. Ich hoffe, das verärgert dich nicht. Am Montag erhalte ich ein Zimmer mit einem eigenen Arbeitsplatz und kann ungestört arbeiten. Ich übersetze Fachartikel, die mir eine Agentur vermittelt. Kevin

Der Text hat mich komplett überrascht. Zwar war er kurz und sachlich, doch völlig fehlerfrei. Das hatte ich nicht erwartet. Was hatte ich eigentlich erwartet? Dass er dumm ist, weil er nicht spricht, obwohl ich weiß, dass er fremde Sprachen beherrscht? Er wirkt auf mich weltfremd und unbeteiligt, weshalb ich mir sicher war, dass er nichts begreift. Und doch macht er sich Sorgen, ob er mich verärgert. Also hat er sehr wohl Gefühle. Und er findet mich schön. Gerührt lächle ich und nehme mir vor, ihm recht bald zu antworten.

Liebe Sandra, Du sitzt sicher nicht so oft am Computer wie ich und hast am Ende meinen kurzen Brief noch gar nicht gelesen. Ich schreibe sehr viel, weil ich das besser kann als sprechen. Und ich lese viel. Liest Du auch so gern? Falls ja: Welche Romane und Autoren magst Du am liebsten? Auf Deine Antwort wartet mit großer Ungeduld Kevin

Du großer Schreck! Was soll ich darauf antworten? Muss ich überhaupt antworten? Ich bin diesem Burschen nicht verpflichtet. Was würde Sofie tun? Sie würde sich einen Spaß daraus machen und ihn veralbern. Oder sie würde überhaupt nicht reagieren. Auch ich muss nicht reagieren, obwohl es unhöflich wäre.

Ich besitze keine Bücher und lese nur Berichte über Urlaubsorte, Kosmetiktipps und Kochrezepte in Zeitschriften, kenne keine Romane und schon gar keine Schriftsteller, deren Namen sich sowieso keiner merkt.

Hallo, Kevin – mir sind Filme lieber als Bücher. Mädelsfilme im Kino. Sandra

Vielleicht ist der Brief etwas kurz, aber es ist mein allererster. Wenn ihm das nicht passt, ist es nicht mein Problem.

Meine schöne Sandra, was sind Mädelsfilme? Ich möchte es gern wissen, weil ich schrecklich uner-fahren bin und Du das erste Mädchen bist, das mir alles erklären kann. Ich brauche Deinen Rat als Frau. Kannst Du mir die Frauen erklären? Ich ver-stehe sie nicht. Dein unruhiger Kevin

Jetzt wird es mir zu heikel und ich bin raus. Ich bin nicht *seine* Sandra und er nicht *mein* Kevin. Und schon gar nicht will ich ihm Frauen erklären. Das soll er hübsch selbst herausfinden. Für mich ist jetzt Schluss! Warum nur habe ich ihm meine Mail-adresse gegeben? Ich werde ihn sperren, damit seine Nachrichten im Spam landen.

Alea

Vor dem Supermarkt steht eine große Menschen-traube. Ich höre Gelächter und trete näher. In der Mitte steht eine Frau, die einen winzigen Hund im Arm hält, der ohne Pause heiser kläfft.

„Nehmen Sie Ihren Köter da weg!", schreit sie, zeigt zuerst auf eine dicke Frau und dann auf einen großen braunen Hund, der ganz entspannt neben einem Baum liegt und die kreischende Frau aufmerksam betrachtet.

„Der bleibt, wo er ist, bis ich vom Einkauf zurück bin", antwortet die Dicke, wirft ihre auffällig orange gefärbten Haare mit einem Ruck ihres Kopfes zu-rück, dreht sich um und geht ins Geschäft.

Jetzt lachen die Leute noch lauter, während sich die Frau mit dem kleinen Hund weiter furchtbar über das große Tier aufregt, das inzwischen keine Notiz mehr von ihr und dem immer noch kläffenden Winzling nimmt.

Ein kleiner Junge geht auf die Frau zu und fragt: „Hat dein Hund keine Beine, weil du ihn tragen musst?"

Daraufhin schreit die Frau das Kind an, geht aber endlich weiter. Auch ich gehe weiter.

*****

Heute habe ich frei, sitze auf einer Parkbank und genieße das schöne Wetter. Schräg gegenüber liegt eine dicke Frau auf der Wiese, neben sich einen großen Hund. Der Hund kommt mir bekannt vor, auch die Frau, doch ich brauche eine ganze Weile, um zu begreifen, dass es genau die Frau mit dem Hund ist, die mir vor kurzem bei der Begebenheit vor dem Supermarkt auffiel. Doch jetzt hat sie keine orangefarbenen Haare mehr, sondern graue. Sie trägt eine dunkelrote Jogginghose, darüber einen orangen Kittel und trotz der Hitze eine Strickjacke, aber keine Schuhe.

Plötzlich springen zwei Hunde aus dem Gebüsch und stürzen sich auf das Tier, das bis jetzt ruhig neben seiner Halterin lag. Es entsteht ein wüstes Gebell. Die Hunde sind zu einem einzigen Knäuel vermengt, knurren gefährlich und jaulen auf. Vor Angst wage ich nicht zu atmen. Ich mag keine Hunde, weil sie furchteinflößend bellen und beißen – wie jetzt. Vor Schreck fühlt sich mein Magen an, als hätte ich zu viel Eis gegessen. Flau und wabbelig.

Die Frau steht auf, ergreift mit jeder Hand einen der zwei fremden Hunde im Genick und schleudert sie zur Seite.

„Jetzt ist aber genug!", schreit sie. „Ab!"

Sie stampft mit ihren Füßen auf und weist mit ausgestreckten Armen in die Ferne. Die Angreifer trollen sich. Zurück bleibt die Frau und tätschelt den Kopf ihres Hundes.

Ich hatte mich die ganze Zeit nicht einen Millimeter bewegt und gebetet, dass mich die Tiere nicht bemerken und am Ende angreifen. Nun kriege ich so langsam wieder Luft.

„Alles paletti?", fragt die Frau.

Ich nicke irritiert, denn bisher tat sie, als hätte sie mich gar nicht bemerkt.

„Ich habe große Angst vor Hunden, doch Ihrer ist gut erzogen."

„Möchte sein!", antwortet sie kurz angebunden und geht weiter.

„Ist Ihr Tier verletzt?"

Sie bleibt stehen und dreht sich zu mir um.

„Nein. Meist klingt solch ein Kampf gefährlicher als er ist, weil Rüden ständig die Rangordnung klären wollen."

„Du lieber Himmel! Dann bringt jede Begegnung Ärger?"

„Aber nein! Die zwei Hunde liefen frei herum. Auch jetzt ist weit und breit kein Halter zu sehen."

Sie erklärt, dass zwar viele Leute einen Hund haben, aber die wenigsten wissen, wie man mit ihnen umgeht. Mit ihrem Geschrei und widersprüchlichen Befehlen irritieren sie ihr Tier oder verhätscheln es, als wäre es ein menschliches Baby.

„Manche kreischen vor Angst, wenn sie einem großen Hund begegnen, andere wollen den Hund ungefragt streicheln. Wenn der Hund das nicht mag und vielleicht schnappt, reagieren sie sauer."

„Und wie verhalte ich mich richtig?"

Bisher hatte ich mir noch nie Gedanken darüber gemacht, wie man sich verhalten sollte, wenn man einen Hund trifft.

„Das ist ganz einfach: keinesfalls wegrennen, ruhig bleiben, nicht klein machen, keinen Blickkontakt."

„Aber wenn ich wegschaue, sehe ich nicht, ob der Hund mich angreift."

Die Frau schüttelt amüsiert ihren Kopf.

„Wer ruhig bleibt und dem Hund nicht in die Augen starrt, hat nichts zu befürchten."

Das leuchtet mir nicht ein und wäre auch viel zu einfach.

„Ich bin übrigens Alea und das ist Anka."

Sie zeigt auf ihren Hund.

„Alea ist ein schöner Name."

„Er bedeutet Schutz und Wärme. Doch ich beschütze nur noch Tiere, Menschen nicht mehr. Sie sind kalt und kennen keine Wärme."

Mir fällt ganz viel ein, was ich entgegnen möchte. Aber ich sage nichts. Menschen, denen die Tiere wichtiger sind als Menschen, verstehe ich nicht. Außerdem ist mir Anka nach wie vor unheimlich, obwohl sie brav neben Alea trottet.

„Anka ist komplett auf mich fixiert und extrem ängstlich. Seltsam ist, dass sie sich nur mit Hunden versteht, die aus einem Tierheim kommen."

„Wie das?"

„Ich weiß es nicht. Vielleicht gibt es eine Art Erkennungscode zwischen den Tieren." Alea lacht. „Anders kann ich´s mir nicht erklären.

*****

Von da an fallen mir Alea und Anka fast jeden Tag auf, weil sie immer um die gleiche Zeit an meinem Haus vorbei gehen. Meist am Nachmittag, bevor ich wieder zur Arbeit muss.

Eines Tages sitze ich wieder auf dieser Parkbank, als Alea direkt auf mich zukommt und neben mir Platz nimmt.
„Wie geht es Ihnen?", frage ich nach einem kurzen Gruß und bemühe mich, Anka nicht anzuschauen. Es gelingt mir nicht.
„Sei nicht so verkrampft! Das merkt der Hund. Tu einfach so, als wäre er nicht da."
Das sagt sie so leicht, aber ich kann nicht anders, als dieses unheimlich große Tier im Auge zu behalten. Zum Glück legt er sich neben die Bank und seinen Kopf auf die Pfoten. Das sieht so friedlich aus, dass ich mich tatsächlich langsam entspanne.
„Du kannst mich duzen! Wir sind im gleichen Alter."
Etwas irritiert schaue ich Alea an. Was glaubt sie, wie alt ich bin? Ich bin keine dreißig und sie mindestens fünfzig, eher älter wegen ihres schleppenden Gangs. Außerdem hat sie bereits graue Haare und eine sehr faltige Gesichtshaut mit vielen Pi-

ckeln und Narben. Ihren dicken Bauch verbirgt sie unter einem seltsam altmodischen Kittel. Irgendwie erinnert sie mich an ein Walross.

„Hast du Kinder?", fragt sie.

Ich schüttle den Kopf.

„Ich habe einen Sohn. Willst du ihn sehen?"

„Gern", behaupte ich, obwohl ich es nicht leiden kann, wenn die Mamas und Omas ihre Handys zücken, damit man ihre goldigen Kinder und Enkel bewundert.

Und schon wischt Alea auf ihrem Handy herum. Auf dem Display sehe ich eine sehr junge schlanke Schönheit mit langen blonden Haaren und einen recht hübschen, etwa zehnjährigen Jungen.

„Das ist mein Ben. Ist er nicht wundervoll?"

Ich nicke und schmunzle über die Bezeichnung wundervoll.

„Und wer ist die Frau?"

„Ich!"

Das glaube ich nicht. Nichts an dieser schönen jungen Frau erinnert auch nur im Entferntesten an Alea.

Trotzdem frage ich: „Wie alt ist das Foto?"

„Ein Jahr, sechs Monate und zwölf Tage."

So genau weiß sie das? Aber sie muss sich geirrt und mir das falsche Bild gezeigt haben. Verstohlen suche ich in Aleas Gesicht nach einem Hinweis, einem Erkennen, einer winzigen Ähnlichkeit zu der schönen Frau auf dem Bild. Vergebens.

„Ich weiß, dass ich mich verändert habe. Manche meiner alten Freunde tun sogar so, als ob sie mich nicht erkennen."

Hat sie keinen Spiegel in ihrer Wohnung? Ich kann mir nicht vorstellen, dass man sich in nur einem Jahr derart stark verändern kann. Und zwar zum Nachteil. Natürlich kann man wegen einer Krankheit plötzlich zunehmen und auch Pickel bekommen. Aber man kann sich nicht von einem bildschönen jungen Model in ein altes Walross verwandeln.

„Aber wie ist solch eine Veränderung möglich?"

Sie zuckt mit der Schulter, ordnet ihre Haare und ruft den Hund.

„Wir gehen!"

Meint sie den Hund oder mich?

„Im Laufen kann ich besser reden."

Und sie redet.

„Ich will mich operieren lassen."

„Sind Sie … bist du krank?"

„Der Magen. Wenn ich den verkleinern lasse, nehme ich wieder ab."

Ich glaube, dass man nach jeder Operation Gewicht verliert.

„Geht das? Ich meine, kann man den Magen wirklich verkleinern lassen?"

„Klar geht das. Wenn der Magen kleiner ist, kann man nur noch sehr wenig essen, am besten nur weiches Zeug, was keine Kalorien hat. Deshalb nimmt man fix ab."

„Aber du lässt dich nicht nur operieren, um abzunehmen, oder?"

„Klar, warum sonst?"

Ich würde nur noch das essen, was wenig Kalorien hat und nicht mehr langsam spazieren, sondern schneller laufen. Da nimmt man von ganz allein ab und zwar ohne einen gefährlichen Eingriff.

„Ist das nicht gefährlich?"

„Klar ist das gefährlich wie jeder Eingriff dieser Größenordnung. Fast jeder zehnte Patient überlebt das erste Jahr nicht."

„Das tut mir leid."

Es tut mir wirklich leid, doch nun verstehe ich noch weniger, warum sie sich das antut.

„Leider muss ich noch zwei Jahre und acht Monate auf den OP-Termin warten."

Ich hatte schon gehört, dass manche Patienten lange auf eine Operation warten.

„Warum eigentlich?"

„Blöde Frage! Weil die Kasse erst zahlt, wenn man drei Jahre lang einen BMI ..."

„Einen was?"

„BMI – Bodymaßindex. Der muss höher als vierzig sein. Meiner ist höher. Außerdem werden meine Medikamente vorher neu eingestellt und so langsam abgesetzt. Nach der Operation darf ich keine Schmerzmittel mehr nehmen. Das macht mir Sorgen, weil ich ständig höllisches Kopfweh habe."

„Das verstehe ich."

Das sage ich so daher, obwohl ich eigentlich gar nichts verstehe. Alea macht sich Sorgen um ihre Kopfschmerzen, aber nicht um den verkleinerten Magen, obwohl manche diesen Eingriff nicht überleben.

„Immerhin kriege ich regelmäßig Vitamine injiziert und eiweißhaltige Zusatzstoffe."

Mir wird übel wie immer beim Thema Krankheit und deren Behandlung, obwohl Alea offenbar gar nicht krank ist. Ich habe keine Nerven mehr für weitere Details.

„Mein Freund hasst fette Frauen. Wenn er mich nach der OP wieder nimmt, wird alles gut. Wenn nicht ..."

Sie zuckt mit der Schulter.

„Wenn nicht?", hake ich nach.

„Wenn nicht, schlucke ich all meine Tabletten."

Was heißt das nun wieder? Will sie sich das Leben nehmen, weil ihr Freund sie nur mag, wenn sie dünn ist? Hat sie kein Selbstbewusstsein? Glaubt sie wie so viele, dass nur groß und schlank schön und klug sein kann? Mir gefallen dicke Leute auch nicht, jedenfalls nicht optisch, doch wer gut aussieht, ist nicht automatisch sympathisch, nett oder klug. Es ist absurd, sich den Magen verkleinern zu lassen, um nur noch wenig essen zu können. Alea sollte einfach auf zu viel Essen verzichten und sich gesund ernähren. Und Sport treiben. Ich mag keinen Sport, doch ich laufe im Hotel sehr viel treppauf und treppab. Alea geht zwar mit ihrem Hund spazieren, doch immer recht langsam. Sie sagt, dass sie nicht arbeiten gehen kann, weil sie ständig müde und unkonzentriert ist und auch kein Gefühl für ihren Körper hat. Sie sieht nur, dass er zu dick ist, aufgegangen wie ein Hefeteig.

Alea erzählt, dass sie nach der Trennung von ihrem Mann mit einem Araber zusammen lebte, ihre große Liebe. Doch er betrog sie und sie hatte einen Nervenzusammenbruch. Seiner Meinung nach hatte er ihr nichts getan und nichts weggenommen. Auf ihren Kummer reagierte er verärgert und sagte, dass er schlafe, mit wem er wolle und sie das nichts anginge. Wenn sie weiter heult, geht er und sie sieht ihn nie wieder. Aber Alea konnte nicht aufhören zu weinen. Also verließ er sie. In ihrer Verzweiflung schluckte sie eine ganze Packung Schlaftabletten. Ihr Sohn fand sie leblos auf dem Boden und rief den Notarzt.

Alea kam in die Psychiatrie und das Kind ins Heim. Das hat der Junge ihr bis heute nicht verziehen. Während der ersten Monate durfte er sie nicht besuchen. Als er es endlich durfte, wollte er nicht mehr. Ihr arabischer Freund hat sich nie wieder sehen lassen.

Fast ein Jahr wurde Alea in der Klinik behandelt.

Es gab viele Gespräche und Medikamente, die ihren Appetit steigerten, weshalb sie so schrecklich viel zunahm. Gesund war das Essen in der Klinik ohnehin nicht. Es wurde von einer riesigen zentralen Krankenhausküche geliefert, die täglich etwa 7.000 Portionen produziert, die wie in den meisten Großküchen Zusatzstoffe enthalten. Diese sind ungesund, machen dick und sogar krank, was bei Alea sichtbar der Fall ist. Ich weiß seit meiner Ausbildung, dass sie Entzündungen fördern, die Darmflora und den gesamten Stoffwechsel verändern und zu Darmkrebs und Diabetes führen können. Das Immunsystem wird geschwächt wie bei einer Infektion. Um den Geschmack des Essens zu verstärken und die Optik aufzupeppen, nimmt man bewusst in Kauf, dass die ohnehin bereits Kranken weitere Krankheiten bekommen.

Nach der Entlassung nach mehr als einem Jahr, schlug ihr Betreuer vor, sich einen Hund zu halten, um ihrem Leben eine neue Struktur zu geben und Verantwortung zu übernehmen.
„Wenn ich wieder schlank bin, werde ich meinen Freund aufsuchen. Dann werden wir uns wieder lieben."
Alea strahlt mich an. Ich wende mich ab. Mit ihrem Hund kann sie wunderbar umgehen, aber nicht mit sich selbst. Sie muss doch gemerkt haben, dass dieser Typ nichts taugt. Haben die Gespräche in

der Klinik nichts geholfen? Dank der Medikamente fühlt sie sich nicht mehr so depressiv wie vor eineinhalb Jahren, doch jetzt mag sie sich so dick nicht mehr und will sich den Magen verkleinern lassen. Sie leidet für einen Mann, der sie betrog und keine dicken Frauen mag. Glaubt sie, wenn sie dünn ist, kommt er zurück und ist plötzlich treu? Über ihren Sohn hat sie keine zwei Sätze gesagt. Er lebt im Heim, während sie mit Anka spazieren geht und von ihrem Freund träumt. Das finde ich ganz und gar nicht gut.

Mir ist klar, dass jedem Menschen etwas anderes wichtig ist. Und mir ist plötzlich wichtig, das Gespräch zu beenden und nach Hause zu gehen.

Miriam

Auf meinem Balkon kauert ein Mädchen.

„Wie bist du hierher gekommen? Was machst du hier?", frage ich streng.

Erschrocken duckt es sich noch weiter in die Ecke und schützt den Kopf mit den Armen, als fürchte es Schläge.

Ich mag kein Kind erschrecken, auch dann nicht, wenn es unerlaubt auf meinen Balkon geklettert ist. Deshalb hocke ich mich neben das Mädchen.

„Du bist ganz schön mutig und verrückt, hier herauf zu klettern. Aber warum?"

„Verstecken Sie mich! Bitte!"

Auf allen Vieren kriecht sie in meine Stube.

„Bist du verletzt?"

„Mich darf keiner sehen. Ich bin abgehauen."

Auch das noch! Was mache ich jetzt mit ihr? Einfach rausschmeißen? Das wäre das Beste. Aber sie tut mir leid, wie sie auf dem Boden hockt und ängstlich zu mir aufschaut.

„Du gehst dich jetzt waschen und ich koche inzwischen Kakao. Dann erzählst du mir, was eigentlich los ist!"

„Ich bin die Miriam und seit letzter Woche fünfzehn Jahre alt."

Prüfend schaue ich sie an, denn mir scheint sie viel jünger zu sein, maximal zwölf. Kleiner als ich, sehr schlank, direkt dünn, lange kastanienrote Haare, grüne Augen und unzählige Sommersprossen im Gesicht und auf den Armen.

„Ich weiß, dass ich hässlich bin", sagt sie trotzig.

„Wie kommst du darauf?"

„Rotfuchs und Hexe sagen alle zu mir."

„Die das sagen, sind nur neidisch, weil rote Haare und Sommersprossen so selten sind, eben etwas Besonderes."

„Ehrlich?"

Ungläubig schaut sie mich an.

„Klar! Die meisten Menschen haben dunkle Haare und braune Augen – so wie ich."

„Ich hätte auch gern solche Haare und Augen wie Sie."

„Mir gefallen deine viel besser, zumal du sogar Locken hast. Auch das ist selten."

„Pah! Glatte Haare sind schöner und außerdem modern. Sie lassen sich leichter pflegen."

Miriam schlürft laut ihren Kakao und scheint mir nicht mehr ängstlich zu sein.

„Jetzt sagst du mir erst einmal, warum du auf meinen Balkon gestiegen bist!"

„Ich werde verfolgt."

„Von wem? Von einem Jungen?"

„Von der Polizei."

„Hast du was angestellt?", frage ich scharf mit erhobenem Zeigefinger.

„Nichts! Ehrlich! Ich bin nur abgehauen, weil ich es nicht mehr aushalte."

„Was genau kannst du nicht aushalten? Haben dir deine Eltern weh getan?"

Miriam schüttelt den Kopf.

„Meine Mama wohnt im Nachbarhaus. Ich wollte zu ihr, doch sie will mich nicht."

„Sie will dich nicht?"

Miriam schüttelt den Kopf und presst trotzig ihre Lippen zusammen.

Gibt es das, dass eine Mutter ihr Kind nicht will? Für Miriam muss das ein ganz furchtbares Gefühl sein, wenn ihre eigene Mutter sie ablehnt. Sie tut mir von Herzen leid und ich nehme sie in meine

Arme. Vielleicht lebt sie bei ihrem Vater und wollte die Mutter besuchen.

„Du wohnst bei deinem Papa?"

„Hab keinen."

„Bei der Oma?"

„Hab keine."

Miriam seufzt herzzerreißend und ich frage sie, ob sie mir erzählen mag, warum ihre Mutter sie nicht in die Wohnung lässt. Und vor allem, vor wem sie weggelaufen ist.

„Meine Mama hat einen neuen Freund."

„Und den magst du nicht?"

Miriam rollt genervt mit den Augen.

„Ich mag ihn, doch Mama mag nicht, dass ich ihn mag und er mich mag."

„Das verstehe ich nicht. Das musst du mir näher erklären."

„Meine Mama hat mich nie umarmt, nie gestrei-chelt und geküsst, aber ihr Freund hat das jeden Tag gemacht. Mir hat das gefallen, doch der Mama nicht. Deshalb hat sie mich vor die Tür gesetzt."

Die Mutter befürchtet vermutlich einen sexuellen Übergriff auf ihre Tochter, was Miriam nicht klar war. Doch dann hätte sie ihren Freund rauswerfen müssen und nicht ihr Kind.

„Aber das durfte deine Mama nicht!"

Miriam zuckt die Achseln.

„Das war an meinem vierzehnten Geburtstag."

Vor einem ganzen Jahr! Was hat sie seitdem gemacht? Wo hat sie gelebt? Ihre Kleidung ist sauber, ihre langen Haare wirken gepflegt.

„Was hast du seitdem gemacht? Wo bist du hingegangen? Wer hat dir geholfen?"

Wieder zuckt sie die Achseln.

„Niemand. Niemand hat mir geholfen. Ich bin einfach so rumgelaufen. Da waren ein paar Jungs im Stadtpark. Mit denen bin ich mitgegangen."

Mich durchfährt ein großer Schreck.

„Hattest du keine Angst?"

„Anfangs schon, dann nicht mehr."

„Du hast auf der Straße gelebt?", rufe ich entsetzt aus.

Gibt es hier in Deutschland tatsächlich noch Straßenkinder? Ich dachte, die gibt es nur in Indien, Brasilien und Amerika. Wo hat Miriam geschlafen? Was hat sie gegessen?"

„Naja ...", druckst sie. „Richtig cool war das nicht. Der blöde Anführer hat mir ein blaues Auge verpasst, weil ich bei einem Bruch ..."

„Bruch? Du hast dir was gebrochen?"

Wieder rollt Miriam mit den Augen, weil ich offenbar alles falsch verstehe.

„Bruch. Einbruch. In eine Kaufhalle. Lebensmittel klauen. Ich wollte nicht mitmachen, hatte Schiss." Sie zuckt resigniert mit der Schulter. „Aber wer essen will, muss auch mal durch ein Fenster kriechen und was stehlen. Ist halt so. Noch Kakao da?"

„Klar", sage ich und greife nach dem Milchtopf auf dem Herd.

Ich bin froh, dass ich dafür das Zimmer nicht verlassen muss, weil ich plötzlich befürchte, dass das Mädchen die Gelegenheit nutzt und sich etwas einsteckt, was ihr nicht gehört.

„Und weiter? Wie ging es weiter?"

„Hat nicht lang gedauert, da haben mich die Bullen geschnappt und im Kindernotdienst abgeliefert."

Davon habe ich noch nie gehört, aber Miriam erklärt, dass dort Kinder und Jugendliche aufgenommen werden, die in einer Krise sind, daheim geprügelt oder gar missbraucht werden.

Erleichtert seufze ich.

„Die Jungs und Mädels waren cool, aber die Aufpasser doof. In die Schule musste man auch und schon um sechs zum Abendessen da sein", sie verdreht die Augen. „Sonst gab´s nix mehr. Deshalb sind wir meist draußen rumgezogen."

„Ohne Abendessen?"

„Ach, irgendwas fand sich immer."

Ich ahne, dass sie meint, sie findet, was keiner verloren hat. Mich tröstet, dass sie in der Kindernothilfe ein Bett, saubere Kleider und zum Mittag ein warmes Essen hatte.

„Natürlich haben die meine Mama angerufen. Die hat gesagt, ich würde immer lügen und das mit ihrem Freund wäre auch gelogen. Ich würde mich an ihn ranschmeißen, auf den Schoß setzen und so. Dabei stimmt das gar nicht. Ich habe nicht gelogen. *Sie* hat gelogen! Sie hat behauptet, ich wäre abgehauen und sie hätte mich überall gesucht und wäre vor Sorge fast gestorben. Natürlich haben die meiner Mutter geglaubt und gesagt, dass alle Kinder der Einrichtung lügen." Sie tritt mit dem Fuß gegen das Tischbein und sagt noch einmal: „Ich lüge nicht. Nie!" Miriam verschränkt ihre Arme und schaut mich aus zusammengekniffenen Augen an.

„Dann war ich schwanger."

Ich ahne Schlimmes.

„Vom Freund deiner Mutter?"

„Wie kommen Sie darauf?"

„Bist du nicht zurück zu deiner Mutter?"

„Die wollte mich doch nicht!", schreit sie mich an. „Ich musste in diesem doofen Heim bleiben." Jetzt lächelt sie. „Die Jungs waren ganz cool, wir hatten viel Spaß. Aber was soll ich mit einem Kind? Ich will das nicht!"

Mit vierzehn oder fünfzehn kann man kein Kind gebrauchen, da ist man selbst noch ein Kind.

„So ein Psycho hat mich dauernd genervt, wer mir das angetan hat. Wieso angetan? Mir hat keiner was getan, wir hatten unseren Spaß."

„Was meinst du mit Psycho?"

„Doktor Weißnichtwer. Keine Ahnung. Ich sollte immer irgendwas zugeben und aussagen und weiß gar nicht, was der von mir wollte."

Ich glaube, es gibt Beratungsregeln, die man einhalten muss, bevor ein Schwangerschaftsabbruch genehmigt wird. Ansonsten ist solch ein Abbruch strafbar.

„Dann haben die endlich das Kind weggemacht und ich dachte, dass nun Ruhe ist. Aber die haben mich in die Kinderpsychiatrie gesperrt. Dort sollte ich lernen, mich zu benehmen, nur das zu sagen, was die anderen hören wollen, immer freundlich sein. Das kann ich nicht. Das will ich nicht!“

„Was ist so schlimm am Freundlichsein?“

„Verlogen ist es! Total verlogen! Es gibt so viele Spockis!“

„Spockis?“

„Hirnis, Blödmänner, Arschgeigen. Denen muss ich nicht in den Hintern kriechen.“

Das Mädchen ist voller Wut und gleichzeitig wirkt es verloren und direkt ängstlich. Miriam schluckt, dreht sich zur Seite und polkt mit dem Finger am Tischtuch.

„Wer nicht spurt, kommt in die Dunkelzelle mit ganz weichen Wänden. Dort soll man sich beruhigen. Doch da kann man sich nicht beruhigen. Ich hatte immer nur Angst und habe geschrien und geschrien.“

Das ist ja furchtbar! Doch ich weiß nicht, ob ich diese Ungeheuerlichkeit glauben kann, denn man sperrt kein Kind in eine finstere Kammer. Schon gar nicht in einer Psychiatrie, wo man gequälte Kinderseelen heilt. Trotzdem lasse ich mir nicht anmerken, dass ich ihr nicht glaube.

„Hat deine Mama davon gewusst?"

„Keine Ahnung. Sie hat mich nie besucht."

„Willst du jetzt zu ihr?"

„Wollte ich, doch da lief mir die dumme Trulla über den Weg, die in der Psychiatrie arbeitet. Die wohnt hier im Haus."

Hier im Haus? Wer sollte das sein? Ich habe außer zu Claudia keinen Kontakt zu den Nachbarn. Wir grüßen uns und gehen weiter.

„Wenn die mich gesehen hat, ruft die die Bullen und die bringen mich zurück. Ich will aber nicht zurück! Ich will nicht in die dunkle Kammer."

Mit aufgerissenen Augen schaut sie sich um wie ein gehetztes Tier. Ihre Angst ist echt. Kann es sein, dass sie nicht gelogen hat?

Argwöhnisch frage ich: „Warum solltest du in eine dunkle Kammer gesperrt werden?"

„Wer nicht folgt, wird in ein Zimmer gesperrt, in dem es kein Fenster gibt und wo die das Licht ausmachen."

In meiner Vorstellung sehe ich, wie ein Mann im weißen Kittel ein Kind in solch eine Zelle sperrt. Das ist Folter. Horror! So etwas gibt es nur im Film und ganz sicher nicht in einer Kinderklinik, nicht einmal in einem Gefängnis. Energisch wische ich die gruseligen Bilder aus meinem Kopf.

„Ich sehe Ihnen an, dass Sie mir nicht glauben!"

Miriam dreht mir den Rücken zu. Mir fällt ein, dass

die Betreuer und auch ihre Mutter sie als Lügner bezeichneten. Dafür muss es einen Grund geben. So etwas denkt sich keiner aus.

„Weil ich weggelaufen bin, werden sie mich tagelang dort einschließen. Ich will das nicht!", schreit sie plötzlich auf. „Deshalb *musste* ich auf Ihren Balkon steigen und mich verstecken." Miriam kniet vor mir nieder und ergreift meine Hände. „Bitte! Bitte! Darf ich hierbleiben?"

Bestürzt schiebe ich sie zurück. Wie kommt sie auf diese absurde Idee?

„Als Pflegekind! Das gibt gescheit Kohle."

„Ich glaube nicht, dass ich dich einfach hierbehalten darf. Das gibt Ärger."

„Ich will aber nicht zurück in die Klinik!"

Nachdem, was Miriam erzählt hat, kann ich das gut verstehen, auch wenn ich das mit der Dunkelzelle nicht glaube. Doch ich kann sie nicht einfach hier behalten wie ein verlorenes Kätzchen und will es auch nicht. Ich kenne Miriam nicht und fange an, ihr zu misstrauen. Die Geschichte ist viel zu absurd, um sie zu glauben. Vielleicht ist sie eine ganz gewöhnliche Diebin, die einen Unterschlupf sucht und mich am Ende beklaut. Vielleicht wohnt ihre Mutter gar nicht nebenan.

„Du könntest deine Mutter um Hilfe bitten. Wenn du willst, begleite ich dich."

Bei der Gelegenheit würde ich gleich wissen, ob Miriam gelogen hat.

„Ach, die hält mich nur fest und ruft in der Klinik an."

„Aber du wolltest doch zu ihr", wende ich ein.

„Schon. Aber nun nicht mehr. Hat keinen Sinn."

„Und wenn du anrufst?"

Miriam schaut mich skeptisch an. Vermutlich spürt sie, dass ich ihr nicht traue.

„Sie weiß ja nicht, wo du bist, wenn du es ihr nicht sagst."

Langsam schüttelt sie ihren Kopf. Dann schaut sie mich an und bittet: „Machen *Sie* das für mich!"

Eigentlich habe ich dazu keine Lust, aber ich will die Sache beenden und hatte den Anruf selbst vorgeschlagen.

Miriam nennt mir die Nummer und ich wähle.

„Guten Tag. Meine Name ist Sandra. Miriam ist im Moment bei mir und hat mich gebeten, Sie zu informieren. Möchten Sie Ihr Kind sehen?"

„Die Klinik hat schon angerufen und gefragt, ob sie bei mir ist."

„Sie will nicht zurück in die Klinik, sie will zu Ihnen."

„Sie kann nicht einfach die Behandlung abbrechen. Sie sagen mir jetzt Ihren Namen und die Adresse, damit Miriam abgeholt werden kann."

Abgeholt? Sie lässt ihre Tochter von Fremden einfach so abholen, ohne vorher mit ihr zu sprechen? Sie fragt nicht, wie es ihrer Tochter geht. Sie will nicht wissen, warum sie nicht zurück in die Klinik will. Sie will sie nicht einmal sehen! Fassungslos starre ich auf mein Handy.

„Und Sie kriegen auch Ärger", droht die Frau, „und zwar von mir! Ich zeige Sie an, weil Sie meine Tochter gegen meinen Willen bei sich aufgenommen haben!"

Ich lege auf und sage Miriam, dass sie nicht auf die Hilfe ihrer Mutter zählen kann. Ich sage ihr nicht, dass ihre Mutter mich anzeigen will, aber ich sage ihr, dass ich sie nicht aufnehmen kann und auch nicht will. Wie ich die Sache auch drehe und wende, Miriam muss zurück in die Klinik. Die Polizei wird ihr ebenso wenig helfen wie der Kindernotdienst.

„Wie wäre es, wenn ich die Frau frage, die in der Klinik arbeitet? Vielleicht hat sie eine Idee. Vielleicht hilft sie uns."

„Den Namen dieser Kuh kenne ich nicht und werde ihn mir nicht merken. Im ganzen Leben nicht! Die hilft nicht, die ist die Schlimmste von allen."

Miriam weint. Auch mir kommen die Tränen, weil mir das Mädchen so leid tut. Aber das hilft ihr nicht weiter. Was mache ich nur?

Ich suche im Internet und finde unter *Kinder in Not* eine Telefonnummer, die ich sofort wähle. Dort schildere ich das Problem. Mir wird erklärt, dass die Mutter oder das Jugendamt das Aufenthaltsbestimmungsrecht für Miriam haben und sie nicht eigenmächtig die Klinik verlassen darf. Medizinische Behandlungen seien nötig und nicht immer angenehm. Ich soll das Kind zurückbringen und sicher übergeben, sonst bekäme ich Ärger.

„Gibt es denn niemand, der sich für das Mädchen einsetzt?"

„Wenn sie von selbst zurück kommt, wird alles halb so schlimm."

„Aber es wird schlimm?"

„Das hat sie sich selbst zuzuschreiben. Wenn die Polizei sie holt, gibt es richtig Ärger und sie weiß das."

„Was denn für Ärger? Sie ist ein kleines, verängstigtes Mädchen!"

Die Frau lacht. Es ist kein freundliches Lachen.

„Ich dachte, Sie sind dazu da, den Kindern in Not zu helfen. Offenbar geht es nur um Verordnungen und nicht um das Kindeswohl."

„Hören Sie, ich habe Ihnen gesagt, was möglich ist. Was Sie machen, ist Ihre Sache. Doch würde ich an Ihrer Stelle gründlich überlegen, ob ich mich strafbar mache oder nicht."

„Sie sind aber nicht an meiner Stelle", sage ich so frostig wie möglich und lege auf.

Ich möchte Miriam helfen und gleichzeitig fürchte ich die Konsequenzen. Sowohl ihre Mutter als auch die Frau am Telefon drohten mit Strafe, beide haben sicher meine Nummer gesehen und können mich leicht ausfindig machen. Mir schnürt es die

105

Kehle vor Angst zu, weil ich noch niemals in meinem Leben mutig war oder etwas gemacht habe, was man nicht machen darf. Aber ich mag Miriam nicht in die Klinik zurückschicken und einer Behandlung aussetzen, die sie als Hölle empfindet und wo man sie in eine finstere Kammer sperrt.

Ich erkläre Miriam die Situation. Sie hat aufgehört zu weinen, steht auf und geht zur Tür.

„Ich gehe mit", biete ich an. „Das musst du nicht allein durchstehen."

„Wollen Sie mich abliefern?"

„Nein!", sage ich laut und deutlich, obwohl es am Ende genau darauf hinausläuft.

„Sicher sein, dass ich nicht einfach in den Wald renne oder wieder auf der Straße lebe?"

„In gewisser Weise schon. Mir ist nicht wohl dabei, dich in der Klinik zu wissen. Aber auf der Straße wird dich die Polizei früher oder später wieder aufgreifen. Du weißt, was dann passiert."

Miriam kneift die Augen zusammen und zischt: „Ich kann gut auf mich aufpassen."

„Das glaube ich dir."

„Keiner glaubt mir! Sie auch nicht!"

Miriam spuckt mir direkt vor die Füße und schaut mich halb verächtlich und halb wütend an.

„Es tut mir leid."

Was soll ich auch sonst sagen?

„Der Gaga ..."

„Wer?"

„Ach, die Ärzte sind alle gaga, meschugge, blöd. Der sagt, wenn ich mitarbeite, darf ich ins Kinderhaus, wo man besucht werden kann." Sie sieht mich prüfend an. „Würden Sie mich besuchen?"

„Aber ja! Ich schreibe dir meine Nummer auf!"

Miriam lacht.

„Mein Handy haben die Idioten mir weggenommen. Den Zettel würden die auch einkassieren." Sie lacht spöttisch. „Aber ich habe ein genial gutes Gedächtnis und kann mir jede noch so lange Zahl merken, so lange ich will."

Auf dem kurzen Weg hinüber zur Klinik erzählt Miriam, dass der jüngste Patient erst vier Jahre alt ist. Sie darf ihn nicht trösten, wenn er weint. Falls er beim Weinen erwischt wird, muss er in die Dunkelzelle. Dort soll er über sich nachdenken. Doch was genau soll er denken? Dass ihn keiner liebt? Dass ihn keiner versteht? Dass es nicht besser wird, wenn er ein Gefühl zeigt? Ich weiß es nicht und Miriam weiß es erst recht nicht.

„Aber warum ist er dort? Er ist doch noch so klein!"

„Keine Ahnung. Manche haben Essstörungen, andere Zwangsneurosen oder ein abnormes soziales Verhalten."

Ich glaube nicht, dass man bei solch einer unbarmherzigen Behandlung normales soziales Verhalten lernt. Aber ich kann nichts daran ändern.

Die Tür zur Kinderpsychiatrie ist abgeschlossen. Auf unser Klingeln öffnet ein junger Mann, dessen Haare zu einem langen Pferdeschwanz gebunden sind. Er wirkt ungepflegt und reagiert nicht auf meinen Gruß. Er begrüßt auch Miriam nicht.

„Du weißt, wo du dich zu melden hast!", schnauzt er sie an.

Miriam strafft ihre Schultern, zieht aber den Kopf ein, als sie an ihm vorbei geht. Sie schaut sich nicht noch einmal nach mir um, als der Mann ohne ein weiteres Wort die Tür schließt. Ich bleibe unsicher und fassungslos stehen und spüre, wie mir Tränen übers Gesicht laufen. Ich habe das Gefühl, Miriam im Stich gelassen zu haben. Sie hat Schutz bei mir gesucht, doch ich habe ihr nicht geholfen, sondern sie zurück in eine Hölle voller Bestrafungen gebracht.

Wie betäubt starre ich auf die geschlossene Tür und würde am liebsten dagegen treten, den unfreundlichen Mann an den langen Haaren ziehen und ihm sagen, dass man so nicht mit Menschen umgeht – schon gar nicht mit Kindern, die Schutz brauchen.

Doch mir ist klar, dass ich nichts ausrichten kann, gar nichts. Meine Beine fühlen sich wie Gummi an, ich lasse mich auf eine nahe Bank sinken.

Erst nach einer ganzen Weile fällt mir auf, wie wunderschön das Gelände ist: hohe alte Bäume,

Blumen an den Wegen und in großen Kübeln, Springbrunnen zwischen dichten Sträuchern, hübsche kleine Pavillons und prächtige Gebäude.

Der herrliche gepflegte Park steht im krassen Gegensatz zu dem, was wohl in diesen schönen alten Häusern hinter verschlossenen Türen geschieht.

*****

Als ich vor meinem Haus ankomme, begegne ich einer jungen Frau. Sie ist mir schon oft aufgefallen, weil sie flippige weiße Rastalocken trägt, die sie entweder zu einem Dutt zusammenbindet oder frei über Brust und Rücken hängen lässt. Immer hat sie eine Zigarette im Mund. Ob das diese *Trulla* aus der Psychiatrie ist, vor der sich Miriam versteckte? Ich grüße, doch sie grüßt nicht zurück.

Trotzdem frage ich: „Kennen Sie Miriam?"

„Wir reden nicht über Patienten", fertigt sie mich ab. Sie weiß also, von wem ich spreche. „Außerdem betreue ich nur die Kleinen bis sechs Jahre."

Also ist sie tatsächlich genau die grausame Frau, die den kleinen Jungen in eine finstere fensterlose Kammer sperrt. Am liebsten hätte ich sie jetzt gepackt und geschüttelt und angeschrien. Doch das mache ich natürlich nicht. Sie fragt auch nicht, ob und woher ich Miriam kenne, sondern geht grußlos weiter. Mit einem Mann oder gar einem Kind habe ich sie noch nicht gesehen. Vielleicht lebt sie in der

Mansarde unter dem Dach. Wie dem auch sei, mit solchen Leuten möchte ich keinen Kontakt, auch wenn sie mir vielleicht etwas über Miriam erzählen oder Grüße ausrichten könnte.

Als ich Sofie von ihr erzähle, nennt sie die Frau *gut bezahlte Kinderquälerin.* Sofort stimme ich zu, obwohl ich sie gar nicht kenne. Aber in meinem Kopf gibt es viele grauenhafte Bilder, in denen sie kleine Kinder quält.

Wasserkopf

Mir kommt ein großer Mann entgegen, der bei jedem Schritt halb in die Knie geht und dabei wippt und schaukelt – ähnlich einem Kamel. Er steuert direkt auf mich zu.

„Hände raus!", schreit er und zeigt auf mich. „So kalt ist es nicht. Was willst du tun, wenn Frost ist?"
Wieso Frost? Wir haben Sommer! Was will er von mir?
„Ich kenne dich!" Er tippt mit seiner Hand an meine Schulter. „Du wohnst im Nachbarhaus."
„Ich kenne Sie nicht", stottere ich erschrocken und versuche, meinen Weg fortzusetzen.
Doch es gelingt mir nicht. Der Mann ist sehr groß, sehr stämmig, sehr ungepflegt und tritt mir immer vor die Füße, wenn ich an ihm vorbeigehen will.

Das macht mir Angst. Suchend schaue ich mich um, ob mir vielleicht ein Passant beistehen könnte. Aber keiner achtet auf mich und diesen Kamel-Mann. Meine Hände werden feucht und ich habe das Gefühl, dass sich in meinem Kopf das Blut staut. Ich merke, dass meine Angst in Wut umschlägt.

„Lassen Sie mich in Ruhe!", zische ich.

Am liebsten hätte ich ihm genauso wie Kevin gegen sein Schienbein getreten. Das mache ich natürlich nicht. Mir gehen nur so langsam die vielen seltsamen Nachbarn in diesem Viertel auf die Nerven. Damit kann ich einfach nicht umgehen und würde am liebsten weglaufen, in ein anderes Viertel umziehen. Egal, wohin, Hauptsache weg!

„Du kennst mich! Ich guck immer aus dem Fenster und winke dir zu, wenn ich dich sehe."

Obwohl ich es nicht will, überlege ich angestrengt, ob mir tatsächlich ein Mann aus dem Fenster zugewunken hat. Wann und aus welchem Haus soll das gewesen sein? Gleichzeitig mache ich einen Schritt auf die Straße, um endlich weiterzukommen. Im gleichen Moment hupt ein Auto! Ich hatte es nicht bemerkt.

„Huch!", rufe ich erschrocken aus.

Der seltsame Mann ergreift energisch meinen Arm und schimpft: „Du musst besser aufpassen! Man geht nicht einfach auf die Straße, ohne sich umzuschauen."

Natürlich hat der Typ Recht, doch ich will nicht mit ihm reden. Er ist schmutzig. Seine Hose steht offen und ist voller Flecken, über deren Ursprung ich lieber nicht nachdenke. Die Haare hängen strähnig bis auf die Schultern und die Jacke scheint jahrelang nicht gewaschen. Ich reiße mich los und renne weg, ohne mich noch einmal umzusehen.

„Das nächste Mal winkst du zurück!", schreit er mir nach.

Zwei Tage später sehe ich auf dem Fußweg vor dem Nachbarhaus und im gesamten Vorgarten unzählige Zigarettenstummel. So eine Schweinerei! Verärgert folge ich mit den Augen der Kippenspur, die unter einem Fenster endet. Dort schaut ein Mann heraus. Er trägt nur ein schmutzig graues Unterhemd und winkt mir zu. Dabei sehe ich seine unrasierten Achseln und rümpfe die Nase, als könnte ich bereits aus der Entfernung seinen Schweißgeruch wahrnehmen. Es ist der gleiche Mann, der mir sagte, ich soll die Hände aus den Taschen nehmen und ihm zuwinken.

Aber ich winke nicht. Ich gehe weiter, wütend über seine scheußlich Unart, die Kippen einfach auf die Straße, den Fußweg und in den Garten zu schnippen.

„Mit dem dürfen Sie nicht reden! Mit dem redet keiner! Der ist blöd! Der hat einen Wasserkopf."

„Einen was?", frage ich verdattert.

„Wasserkopf. Der hat einen Wasserkopf", erklärt eine ältere Frau. „Der wohnt da schon immer. Seine Mutter ist tot. Seitdem ist er allein, kriegt Sozialhilfe. Arbeiten kann der nicht. Der hat einen Wasserkopf."

„Ach so", murmle ich und gehe weiter.

Obwohl ich den Begriff Wasserkopf für ein billiges Schimpfwort halte, google ich daheim und erfahre, dass ein Wasserkopf eine krankhafte Erweiterung der Flüssigkeitsgefäße des Gehirns ist. Die Bilder dazu sehen grauenhaft aus. Sofort tut mir dieser Mann leid und ich frage mich, warum die Frau so abfällig über ihn und seine Krankheit sprach. Er kann ja nichts dafür! Wenn er mit seiner Behinderung auf sich allein gestellt ist, keiner ihm beisteht und niemand mit ihm spricht, ist es besonders schlimm für ihn. Auch ich wollte nicht mit ihm sprechen, weil er so seltsam auf mich einplapperte und außerdem furchtbar schmutzig ist. Vielleicht merkt er den Schmutz gar nicht oder weiß nicht damit umzugehen. Andererseits ist er in der Lage, Zigaretten zu kaufen, aber er wirft die Kippen einfach aus dem Fenster. Gehört das zu seiner Krankheit? Oder ist er nur liederlich?

Als ich ihn das nächste Mal treffe, stellt er sich wieder direkt vor meine Füße und fragt: „Hast du Papier?"

„Papier?"

„Malblock und Buntstifte."

Überrascht schüttle ich den Kopf.

„In der Klinik haben wir immer gemalt. Das war schön."

Ich nicke und behaupte, dass mich das freut, ich aber keine Stifte habe.

„Kaufst du mir welche? Ich kann dir zwei Mark geben."

Zwei Mark? Es gibt seit zwanzig Jahren keine Mark mehr, nur noch Euro. Ich schaue auf den Boden, damit er nicht sieht, dass ich kichern muss, aber ich antworte nicht.

„Ich habe dich was gefragt!"

Dabei stößt er grob gegen meine Schulter.

„Fassen Sie mich nicht an, sonst werde ich böse!"

Sofort zuckt er zusammen und verbirgt seine Hände auf dem Rücken.

Mit weinerlicher Stimme jammert er: „Ich will aber malen! Mein Betreuer gibt mir kein Papier, keine Stifte und auch kein Geld, damit ich mir das kaufen kann."

„Das tut mir leid."

Vielleicht gibt es einen triftigen Grund, weshalb der Betreuer dem armen Mann das Malen verbietet, auch wenn er mir nicht einleuchtet.

„Leider habe ich weder einen Zeichenblock noch Buntstifte."

Schnell trete ich beiseite und gehe eilig davon.

„Warte!", ruft er mir nach, aber ich drehe mich nicht noch einmal um.

Als Kind malte ich sehr gern mit Wasserfarben und bunter Kreide. Ließ ich all meine Bilder, Blöcke und Pinsel bei meinen Eltern oder nahm ich sie beim Auszug mit? Ich kann mich nicht erinnern. Sollte ich sie dem Wasserkopf schenken, wenn ich sie finde oder selbst wieder anfangen zu malen?

„Ich male gern, aber ich dichte auch", berichtet der Mann stolz.

Ich war so in Gedanken versunken, dass ich gar nicht merkte, dass mir der Typ gefolgt ist.

„Mmm", murmle ich und kann mir nicht vorstellen, was das für Gedichte sein sollen.

„Soll ich dir mal eins vortragen?"

„Nicht nötig", wehre ich ab und will weitergehen.

„Warte!", schreit er und packt meinen Arm.

Ich zerre an meinem Arm, doch der Mann ist stärker und hält mich fest.

Wütend fauche ich: „Sie tun mir weh!"

„Dann renne nicht weg! Hör zu!"

Er richtet sich gerade auf, legt seine Hände zuerst auf die Brust und breitet dann seine Arme theatralisch aus. Jetzt hätte ich weglaufen können. Doch die Situation ist derart komisch, dass ich stehenbleibe und ihm zuhöre, wie er mit tiefer Stimme übertrieben deklamiert.

„Unser Klima ist zerstört.
Ich bin empört!

115

Der Bauer sperrt die Kühe ein.

Sie schrein.

Das ist gemein.

Die Leich

schwimmt im Teich."

Triumphierend schaut er mich an.

„Jetzt bist du baff, was?" Wieder knufft er mich. „Gefällt es dir?" Er strahlt mich an und fordert dann streng: „Sag!"

„Naja, Ihr Gedicht scheint mir recht seltsam."

„Wieso? Es reimt sich."

Es reimt sich, aber nicht so, wie sich Gedichte reimen sollten. Ich werde ihm nicht sagen, dass ich den Vers blöd finde. Er hat sich immerhin Gedanken gemacht. Außerdem tut er mir leid, weil er krank ist und keiner mit ihm spricht und er nicht einmal malen darf.

„Es reimt sich, doch ich mag keine traurigen Gedichte, sondern welche, in denen es um den Mond und die Sterne geht und nicht um gequälte Tiere und Leichen."

„So eine bist du also!" Verächtlich versetzt er mir einen groben Stoß gegen die Schulter. „Die bösen Menschen machen das Klima kaputt und schlachten die Tiere. Jeder muss etwas dagegen tun. Du auch! Wenn du nur in den Mond guckst, machst du nichts besser und bist selbst ein böser Mensch."

Erschrocken trete ich einen Schritt zurück. Am liebsten würde ich jetzt sagen, dass er bei sich selbst anfangen seine Zigarettenstummel nicht aus dem Fenster werfen soll. Aber dazu fehlt mir der Mut. Der Mann boxt noch einmal gegen meine Schulter und hebt drohend seine Faust.

„Verschwinde, du blöde Kuh! Wenn du mich noch einmal anlaberst, klatscht es!"

Obwohl der Mann droht und schimpft, muss ich lachen. Den meisten Unsinn kann man sowieso nur mit Humor ertragen.

*****

Heute spaziere ich über den nahen Friedhof. Ich mag Friedhöfe, schon immer. Ich mag die großen Bäume, die vielen bunten Blumen auf den Gräbern und ganz besonders die fast feierliche Stille. Jeder Besucher schlendert langsam und bedächtig die Wege entlang, keiner ruft oder lacht, als würde das die Ruhe der Toten stören, obwohl Tote nichts mehr hören können. Es stellt sich eine entspannte Stimmung ein, eine friedliche, *Fried*hof eben.

Meine Oma nannte den Friedhof Gottesacker, weil es ein landwirtschaftlich ungenutztes Feld ist. Dabei hat der Tod nichts mit Gott zu tun und schon gar nicht mit der Kirche. Heute gibt es moderne Bestattungshäuser, die nicht so kalt sind wie die Kirche und Trauerredner, die aus dem Leben des Verstorbenen erzählen und nicht Unpersönliches aus der Bibel vorlesen wie ein Pfarrer.

Bei uns daheim sprach man nicht über den Tod, nicht einmal über die Verstorbenen. Als meine Oma starb, wurde nur geflüstert und dabei vorsichtig umhergeschaut, als dürfe es niemand hören. Offenbar ist der Tod nur bei Tieren normal und bei den Menschen ein absolutes Tabu-Thema.

Sofie findet Friedhöfe blöd. Sie gruselt sich vor den vielen Leichen, die wie Soldaten in Reih und Glied nebeneinander liegen und findet es scheußlich, die Namen, Geburts- und Sterbedaten des Verstorbenen auf dem Grabstein zu veröffentlichen. Ich dagegen mag die verschiedenen Daten und Sprüche und mache mir Gedanken über diejenigen, die besonders kurz oder besonders lange lebten. Ich möchte auch einmal einen schönen Stein mit einer liebevollen Inschrift und vielen Blumen auf dem Grab. Ein Platz, wo meine Familie und meine Freunde an mich denken. Sofie meint, das wäre Quatsch, weil man immer und überall an einen Verstorbenen denken kann. Dazu braucht es keinen Friedhof. Sie will in einem Wald oder mitten auf den Marktplatz verstreut werden. Das geht natürlich nicht und das weiß sie auch.

„Setzen Sie sich zu mir!", sagt eine Frau und klopft mit der Hand auf die Bank, auf der sie sitzt.

Es ist genau die Frau, die so garstig über den Wasserkopf sprach, weshalb ich keine Lust auf ein Gespräch mit ihr habe. Trotzdem komme ich ihrer

Bitte nach und setze mich zu ihr. Wir schauen auf die Gräber vor uns. Auf dem linken Stein erstrahlt eine gemalte Sonne mit dem Spruch *Du warst unser Glück* und die Daten eines Kindes, das nur sechs Jahre alt wurde. Das geht mir sofort nahe und ich schaue schnell nach rechts. Dort liegt eine schmucklose flache Tafel, unter dem Namen lese ich, dass die Frau hundertein Jahr alt wurde. Links ein kleines Kind und rechts eine besonders alt gewordene Greisin, die Mitte ergibt dreiundfünfzig, was auch weit unter der normalen Lebenserwartung ist. Der große schwarze Stein zwischen den beiden Gräbern trägt die Inschrift *Das Leben endet, die Liebe nicht. Herbert Gruber 1947 2019*

„Ihr Mann?", frage ich und nicke mit dem Kopf in Richtung Grabstein.

„Mann? Was heißt das schon? Nun, ein Mann war er wohl und nach Meinung der Nachbarn auch ein guter", zischt sie spöttisch.

Irritiert lehne ich mich ein wenig zurück, weil sie selbst wohl keine gute Meinung von ihrem verstorbenen Mann hat, ihm aber solch einen liebevollen Spruch widmete und hier an seinem Grab verweilt.

„Neununddreißig Jahre waren wir verheiratet."

Ich nicke und sage anerkennend: „Das ist ein bewundernswert lange Zeit."

„Grauenhaft!"

Grauenhaft? Warum wählte sie dann den Spruch von endloser Liebe? Wofür? Für die Nachbarn?

„Er hat mich Zeit seines Lebens übersehen, klein gehalten, missachtet und betrogen."

Das erzählt sie mir so einfach, obwohl sie mich gar nicht kennt.

Als hätte sie meine Gedanken erraten, sagt sie: „Ich erzähle das nur völlig Fremden, weil mir von unseren Bekannten und Verwandten sowieso keiner glaubt."

Vielleicht liegt es daran, dass sie selbst nicht freundlich über andere spricht. Oder sie ist erst im Laufe der Jahre so geworden, weil ihr Mann nicht freundlich zu ihr war.

„In Gesellschaft war Herbert lustig, daheim missmutig und grob. Nie lächelte er mich an. Und nach meinem Rückgang ..."

„Wie bitte?"

„Rückgang. Wechseljahre. Menopause."

Davon will ich nun wirklich nichts hören und schon gar nicht von dieser wildfremden Frau. Was denkt sie sich eigentlich, mir all das zu erzählen?

„Jedenfalls rührte er mich nicht mehr an, obwohl ich gerade mal vierzig Jahre alt war. Er hatte keine Lust auf Sex und meine Bedürfnisse interessierten ihn nicht. Dabei hatte meine Lust mit den Jahren eher zugenommen."

Peinlich berührt betrachte ich meine Schuhe. Vor mein inneres Auge schiebt sich das Bild von Frau Gruber im Bett, was mir schrecklich unangenehm ist. Trotzdem muss ich mir das Lachen verkneifen, was mir noch peinlicher ist. Ich will hier so schnell wie möglich weg und rutsche auf der Bank hin und her.

„Gehen Sie nur! Ich bin es gewöhnt, dass mir niemand zuhört."

Sofort springe ich erleichtert auf, dieser Frau und ihren peinlichen Geschichten endlich zu entrinnen.

„Warte!", hält sie mich zurück. „Ich muss dich vor der verrückten Melanie warnen."

„Welche Melanie? Ich kenne sie nicht."

„Die kannst du auch nicht kennen, weil die noch in der Geschlossenen ist."

Warum warnt sie mich dann?

„Melanie wohnt in der kleinen Einraumwohnung im zweiten Stock bei euch im Haus. Aber, wie gesagt, die ist wieder mal in der Klappse in Behandlung."

Sie meint die nahe Klinik und mir wird langsam unheimlich zumute, weil ich in der kurzen Zeit, in der ich hier wohne, bereits sechs oder acht *Ehemalige* kennenlernte. Wer weiß, wie viele noch im Viertel herumgeistern, dazu die Pfleger und Ärzte. Auch Frau Gruber ist mir nicht ganz geheuer.

„Schert euch fort!", schreit sie plötzlich, springt auf und fuchtelt mit den Armen. „Ihr stört die Ruhe der Toten."

Ich folge dem wütenden Blick der Frau und sehe, wie ganz in der Nähe zwei kleine Jungs über die Gräber hüpfen und johlend mit ihren Stöcken den

Blumen die Köpfe abschlagen. Direkt neben uns bleibt eine sehr junge Frau stehen und daddelt auf ihrem Handy.

„Das ist Lea, die Mutter der Kinder", flüstert Frau Gruber.

„Halt die Fresse!", zischt Lea, ohne von ihrem Handy aufzusehen.

Wie redet sie mit einer alten Frau?

„Die Kinder sollten nicht über die Gräber springen", sage ich, obwohl ich mich normalerweise nirgends einmische. „Sie zertrampeln die Blumen."

So etwas tut man nun wirklich nicht. Die Mutter sollte besser auf ihre Jungs achten und sich nicht mit dem Handy beschäftigen.

„S glatschd glei in deine bleede Fissasche!", kreischt Lea auf und hebt drohend ihre Faust.

Erschrocken weiche ich einen Schritt zurück., als Lea ihre Hand drohend hebt, als wolle sie mich tatsächlich gleich schlagen.

„Lass uns gehen!", sagt Frau Gruber, hakt sich bei mir unter und zieht mich zum Hauptweg Richtung Ausgang. „Lea ist unberechenbar und haut sofort zu."

„Sie kennen sie?"

„Klar! Jeder hier im Viertel kennt sie. Sie wohnt gleich da drüben", sie zeigt auf ein großes Miets-haus, „bei ihrer Mutter. Wenn die Mutter nicht wäre, müssten die Zwerge ins Heim, weil Lea Dro-gen nimmt und im Rausch oft durchdreht. Dann schlägt sie wild um sich und trifft auch die Kleinen. Dann muss sie wieder für ein paar Tage oder Wochen in die Klinik."

„Oje! Die Kinder tun mir leid."

Ich schätze sie auf drei und fünf Jahre.

„Ach, die sind keinen Deut besser, sind furchtbar laut und machen alles kaputt. Sie haben es ja selbst gesehen. Einen Vater für die zwei scheint es nicht zu geben."

Dabei winkt sie abfällig mit der Hand und flüstert: „Was glauben Sie, wie oft die Polizei vorfährt?"

Ich habe genug von all den Geschichten über meine seltsamen Nachbarn und bin froh, dass Frau Gruber vergessen hat, von der verrückten Melanie in meinem Haus zu erzählen.

Immer, wenn ich Sofie von den Begegnungen mit meinen seltsamen Nachbarn erzähle, lacht sie. Sie meint, ich soll all diese lustigen Geschichten aufschreiben. Doch ich finde die meisten Geschichten gar nicht lustig, sondern eher traurig. Außerdem kann Sofie leicht lachen, sie wohnt schließlich nicht hier inmitten dieser Leute.

Mona

Ich sitze in meinem Sessel und beobachte eine Spinne in der Zimmerecke, wie sie ihr Netz webt. Ich mag keine Spinnen, schon gar nicht in meiner Wohnung, aber ich mag sie auch nicht töten. Das würde passieren, wenn ich sie mit dem Staubsauger entferne oder mit einer Schaufel erschlage. Es ist nur so eklig und vor allem recht schwierig, sie zu fangen, ohne sie zu zerdrücken und aus dem Haus zu tragen.

Das Telefon klingelt. Es ist Mona.
„Du *musst* mir helfen! Ich habe morgen um 12 Uhr einen Termin und weiß nicht, wie ich hinkomme."
12 Uhr? Um diese Zeit bin ich vom Hotel zurück und habe gut vier Stunden Zeit, bevor ich wieder zur Arbeit muss. Ich hätte also Zeit, Mona zu helfen. Aber sie fragt mich nicht, sie fordert.
„Was ist denn passiert?"
„Ich schaue mir eine neue Wohnung an und du sollst mich beraten."
Warum ich? Hat sie keine Freunde in ihrem Alter? Oder Verwandte? Zwar ehrt es mich, sie bei solch einer wichtigen Entscheidung zu beraten, doch ich vermute, sie braucht mich nur als Chauffeur.
„Warum wollen Sie umziehen?"
„Für mich ist die Wohnung zu groß und außerdem zu teuer."

Das verstehe ich, denn drei Zimmer sind wirklich zu viel für eine einzelne alte Person, der schon das Laufen schwer fällt und die das Putzen kaum bewältigen kann.

Sofort meldet sich mein schlechtes Gewissen, weil ich mich nicht mehr bei ihr sehen ließ. Vielleicht hätte ich ihr eine Arbeit oder einen Gang abnehmen können, Nachbarschaftshilfe leisten.

„Soll ich Sie hinfahren?"

„Klar! Ist nicht weit. 11:45 Uhr holst du mich ab!"

Wir fahren nicht weit, nur ins Nachbarstadtteil, in dem es schöne alte Häuser gibt und die Geschäfte nicht weiter entfernt sind als von Monas jetziger Wohnung.

Die Wohnung ist frisch saniert, doch meiner Meinung nach viel zu groß. Ich sage ihr das.

„Sie hat nur zwei Zimmer und kostet fünfzig Euro weniger als meine jetzige", gibt Mona zurück.

Wegen solch einer geringen Ersparnis würde ich nicht umziehen. Außerdem befindet sich die Wohnung im ersten Stock und Mona kann sich nur mit großer Mühe Stufe für Stufe am Geländer nach oben ziehen.

„In Ihrem Alter ..."

„Alt? Ich bin nicht alt!"

„Nicht?"

Mit Siebzig ist man alt.

„Man sagt nicht alt", mischt sich die Maklerin ein.

Warum nicht? Alt ist kein schlechtes Wort.

„Frau Rühle ist eine Seniorin."

Seniorin. Diese Bezeichnung macht sie auch nicht jünger. Außerdem klingt Senior wie senil, was wohl eher abwertend klingt.

„Ich habe nur Bedenken, weil Frau Rühle sich so mühsam die Treppen hinauf quält und glaube nicht, dass sich das in den nächsten zwei Jahren bessert."

Ganz zu schweigen von noch späteren Jahren.

„Normalerweise laufe ich besser. Nur zur Zeit habe ich Probleme mit meinem linken Fuß."

Im Alter heilen derartige Probleme nur noch selten, aber ich sage nichts mehr. Immer, wenn ich Mona sehe, hinkt sie mehr als dass sie geht, äußerst langsam und gestützt auf ihren Stock.

„Treppen sind ein gutes Training, um beweglich zu bleiben."

Offenbar will Mona die Wohnung um jeden Preis, denn sie schlägt alle meine Einwände in den Wind, noch bevor ich sie aussprechen oder sie darüber nachdenken kann.

„Mein Mann ist in der Geschlossenen", erzählt sie hinter vorgehaltener Hand der Vermieterin. „Deshalb muss ich aus meiner Wohnung so schnell wie möglich raus. Der darf mich nicht finden, wenn der mal rauskommt."

Ich stoße leicht mit der Hand gegen Monas Arm und versuche, sie am Weitersprechen zu hindern.

„Warum boxt du mich?", fragt sie laut. „Was soll das?"

„Entschuldigen Sie", murmle ich.

Begreift Mona nicht, dass diese Information die Vermieterin nichts angeht? Außerdem setzt sie nicht Herrn Nowak in ein schlechtes Licht, sondern sich selbst. So etwas erzählt man nicht und ist obendrein überflüssig, zumal sie gar nicht gefragt wurde, warum sie umzieht. Und wenn die Maklerin gefragt hätte, könnte sie immer noch sagen, dass ihr die aktuelle Wohnung zu groß ist. Herrn Nowak musste sie gar nicht erwähnen. Außerdem könnte sie sagen, dass sie sich getrennt haben oder er krank geworden ist und in einem Pflegeheim lebt. Das wäre nicht einmal gelogen. Ich befürchte, dass ihr nach diesem Geständnis die Wohnung nicht vermietet wird.

*****

Genauso passiert es. Der Mietvertrag kam nicht zustande, doch Mona hat bereits ein neues Wohnungsangebot.

„Du fährst mich!"

„Das Fahren ist nicht das Problem, aber auf meine Beratung sind Sie nicht angewiesen."

„Doch! Deine Ratschläge habe ich mir sehr zu Herzen genommen."

Das glaube ich zwar nicht, doch ich möchte die

alte Frau nicht im Stich lassen. Sie will umziehen und muss sich in der neuen Wohnung wohl fühlen. Also werde ich mich zurückhalten. Wenn Mona viel Rente bekäme und keine Geldsorgen hätte, wäre es mir ohnehin gleichgültig. Da kann sie sich Helfer für Umzug, Haushalt und Einkauf locker leisten. Doch Sofie meint, bei einer niedrigen Rente ist sie noch besser bedient, denn dann übernimmt das Sozialamt Miete und Umlagen und zahlt sogar noch eine Pauschale für den Lebensunterhalt. Ich bin mir da nicht so sicher.

Wir fahren in ein weit entferntes Stadtgebiet, wo Frau Rühle mit einem völlig unbekannten Umfeld zurechtkommen musst. Leider habe ich unterwegs keinen Supermarkt und nicht einmal einen Bäcker, nur eine Buchhandlung und eine Pizzaria gesehen. Ich sage ihr das, aber es stört sie nicht.

Auch diese andere Wohnung liegt im ersten Stock, hat keinen Balkon, aber eine eingebaute Küche. Mona zeigt sich begeistert und will heute noch die Kaution bezahlen, um so schnell wie möglich umziehen zu können.

„Ich kann doch wie telefonisch besprochen sofort einziehen?", vergewissert sie sich. „Mein geistesgestörter Partner hat so viel Ärger im Haus verursacht, dass ich gekündigt wurde und noch vor Monatsende ausziehen muss."

„Ja, das sagten Sie bereits am Telefon."

Warum tut sie das? Glaubt sie, damit Verständnis für ihre Situation zu erhalten? Das Gegenteil wird der Fall sein, denn wir sind nicht auf dem Sozialamt, sondern auf Wohnungssuche. Kein Vermieter wünscht sich komplizierte Mieter.

Doch die Maklerin zückt einen bereits vorbereiteten Mietvertrag und übergibt ihn Mona mit einer Flasche Sekt.

Ich bin sprachlos und leicht irritiert. Warum hat es die Maklerin so eilig? Gibt es einen Haken, der mir nicht aufgefallen ist? Eine nicht funktionierende Heizung oder unangenehme Nachbarn?

„Kennen Sie die Nachbarn? Sind das eher ältere oder jüngere Leute, Familien?", frage ich.

Die Maklerin lächelt, antwortet aber nicht. Sie wendet sich an Mona.

„Sobald die Kaution auf dem Konto ist, können Sie sich den Schlüssel zur Wohnung abholen."

Während der Rückfahrt bestimmt Mona: „Du hilfst mir beim Umzug!"

Mir fällt mein eigener Umzug ein, der trotz der kleinen Wohnung unglaublich kräftezehrend und nur mit vielen Helfern zu schaffen war. Ich denke nicht gern an diese schauderhafte Zeit zurück und zucke entsetzt zurück. Mona hat vermutlich keine Helfer und am Ende kein Geld für eine Umzugsfirma.

„Das kann ich nicht", sage ich leise, aber bestimmt.

„Du lässt mich im Stich?", ruft sie entsetzt aus.

Ich denke an Sofies Mahnung, mich von Mona nicht manipulieren und ausnutzen zu lassen. So streng sehe ich das zwar nicht, aber ich möchte vorsichtig sein.

„Ich könnte Geschirr und Kleider in Kisten packen, doch für die schweren Möbel brauchen Sie starke Männer."

„Aber ja! So machen wir´s!" Mona strahlt mich glücklich an. Dann bestimmt sie energisch: „Aber du fährst meine Blumen und das gute Geschirr mit deinem Auto hin! Daran sollen sich keine Männer vergreifen."

Ich fühle mich überrumpelt und seufze resigniert, doch Monas Sorge leuchtet mir ein und ich sage meine Hilfe zu.

*****

Zwei Tage vor dem geplanten Umzugstermin ruft Mona an. Sie weint.

„Der Nowak wird entlassen. Hier kommt der nicht rein! Nur über meine Leiche!"

Ich verstehe nicht und frage, ob er nicht wie ange-kündigt ein Zimmer in einem Pflegeheim bekommt.

„Nein! Die Klinik hat angerufen und gesagt, der wird in seine Wohnung entlassen. Was soll ich nur tun?"

Da ist guter Rat teuer und Mona muss wohl oder übel ihren ehemaligen Partner aufnehmen.

„Ich habe mit dem Sozialarbeiter der Klinik gesprochen und mit dem Betreuer vom Gericht. Alle sagen, dass der Nowak in ein Heim gehört."

„Das mag sein, aber vielleicht ist zur Zeit kein Zimmer in einem Heim frei."

„Das ist nicht mein Problem."

Es könnte aber schnell ihr Problem werden, wenn Herr Nowak entlassen wird. Er wohnt nun einmal in diesem Haus.

„Es ist auch seine Wohnung", sage ich leise.

„Hier kommt der nicht rein!", schreit sie.

„Es ist auch seine Wohnung", wiederhole ich.

„Nein! Den lasse ich nicht rein!"

Ihre Wut macht mir Angst. Normaler Zorn ist eine Form der Kommunikation, was man nicht unterdrücken sollte. Doch Monas Wut auf ihren ehemaligen Partner ist übertrieben und grenzt an Wahn.

„Sie können ihn nicht auf der Straße stehen lassen."

„Das kann ich sehr wohl! Der ist irre! Krank!"

Ja, Herr Nowak ist krank und tut mir aufrichtig leid. Wo soll er hin, wenn er entlassen wird? Natürlich in seine Wohnung. Vielleicht hofft er sogar, dass sich Mona auf ihn freut.

Aber sie schreit und weint und ist ganz außer sich vor Zorn.

„Sie ziehen übermorgen um. Diese zwei Tage und Nächte werden Sie mit einem Mann, mit dem Sie viele Jahre zusammenlebten, leicht aushalten."

„Wie stellst du dir das vor? Niemals kommt der hier rein! Ich rufe die Polizei!"

„Warum? Es ist nichts passiert."

„Aber es wird etwas passieren!", zetert sie.

„Aber nein!", versuche ich, sie zu beruhigen. „Vielleicht ist es gut, dass Sie noch einmal in Ruhe miteinander sprechen."

„Was sollte ich mit dem Idiot reden?"

„Zum Beispiel, welche Sachen Sie in die neue Wohnung mitnehmen und welche bei Herrn Nowak bleiben."

„Welche Sachen?"

„Möbel, Geschirr, Fernseher, Waschmaschine."

„Das ist alles meins! Nichts hat der gekauft!"

Jetzt muss ich erst einmal schlucken. Hat Mona ernsthaft vor, alles mitzunehmen und ihrem Partner nichts zu lassen? Das ist herzlos und sicher auch so nicht erlaubt.

„Aber ..."

Mona hat aufgelegt und ich sitze ratlos auf meinem Bett. Eigentlich wollte ich eine Stunde schlafen, doch dazu habe ich jetzt keine Ruhe. Ich hole mir eine Packung Schokoladeneis aus dem Gefrierfach und einen großen Löffel, setze mich in meinen Sessel und esse mit einem Mal alles auf. Jetzt ist mir übel. Ich lege mich ins Bett und atme langsam und konzentriert tief ein und aus, weil ich das gute Eis nicht ins Klo spucken will.

Zwei Stunden später ruft Mona wieder an.

„Er ist da!"

Sie meint Herrn Nowak. Was hat sie jetzt vor? Wie will sie ihn wieder loswerden? Vermutlich soll ausgerechnet ich ihr dabei helfen. Ich will damit nichts zu tun haben, auf gar keinen Fall! Halb ängstlich und halb wütend halte ich die Luft an und sage nichts.

„Ich habe für uns etwas Leckeres gekocht", ruft sie fröhlich aus.

Für uns?

„Auch für Ihren ..."

Partner erscheint mir nicht richtig, Ex-Freund klingt zu salopp.

„Logisch! Sogar sein Lieblingsessen Kartoffelsalat mit Würstchen. Hatte ich alles im Kühlschrank."

„Aber … Ich dachte, Sie wollten Herrn Nowak gar nicht in die Wohnung lassen", sage ich überrascht.

„Wer sagt das?"

„Sie selbst."

„Wie kommst du darauf?" Und nach einer Pause: „Ich habe nur Spaß gemacht."

Spaß gemacht? Leute, die Schockierendes sagen und anschließend behaupten, sie haben nur Spaß gemacht, mögen ihr Gegenüber nicht und haben ganz sicher nicht *nur Spaß* gemacht.

„Er sagt, dass er mich liebt. Ich soll bei ihm bleiben. "

Weiß er nicht, wie sie über ihn spricht? Oder weiß

er nur nicht, wohin er gehen soll, wenn Mona ihn nicht aufnimmt? Vielleicht ist er hilflos und sieht sie als das kleinere Übel.

„Und was wird mit dem Umzug übermorgen?"

„Welcher Umzug?" Sie sagt nichts mehr und denkt vermutlich nach. „Ich muss doch nicht umziehen! Wir bleiben hier. Hier ist es schön."

Natürlich ist es hier schön, aber Mona hat einen Mietvertrag unterschrieben und ihren aktuellen gekündigt. Sie wird von beiden Seiten Ärger bekommen. Aber es hat keinen Zweck, sie darauf hinzuweisen, denn sie legt sich die Dinge so zurecht, wie sie ihr gerade passen. Und seltsamerweise kommt sie immer durch damit. Wie dem auch sein: Mich freut, dass sie nicht umziehen muss und sich mit ihrem Freund wieder verträgt.

„Er hat mir gleich einen Heiratsantrag gemacht", jubelt sie.

„Sie wollen ihn heiraten?", stammle ich fassungslos.

„Ich liebe meinen Toni nach wie vor."

Sie liebt ihn? Wochenlang und bis vor zwei Stunden ließ sie keinen guten Faden an dem Mann und jetzt flippt sie vor Freude aus, dass er wieder bei ihr ist. Der ganze Ärger und sogar der Umzug in die neue Wohnung sind vergessen. Dieses Hin und Her, Rein und Raus, mal so und mal anders bringt mich ganz durcheinander.

„Ich wünsche Ihnen Glück", sage ich verdattert und

lege auf.

Verwirrt schüttle ich den Kopf. Ich bin gekränkt und belustigt, erleichtert und maßlos verärgert – alles auf einmal.

Ich kann mir nicht vorstellen, dass Monas Sinneswandel gut geht, aber es geht mich im Grunde nichts an. Allerdings nehme ich mir fest vor, nicht mehr gleich zu springen, wenn Mona anruft. Es bringt nichts, sie ernst zu nehmen. Bevor ich ihren Kummer begreife, hat sie ihn vergessen, während ich mir völlig unnötig Sorgen mache. Frau Rühle hat eine gestörte Persönlichkeit.

*****

„Huhu!" Mona winkt mir von der anderen Straßenseite aus zu, als ich von der Frühschicht komme. „Komm rüber!"

Etwas widerwillig überquere ich die Straße und begrüße sie.

„Ich will jetzt Bier und Chips kaufen, weil mein Toni und ich heute Abend Fußball schauen."

Von Fußball verstehe ich nichts. Deshalb frage ich nicht, welche Mannschaften spielen, sondern wünsche ihr einen schönen Abend und verabschiede mich. Doch so leicht komme ich nicht davon.

„Was gibt es bei dir zu Mittag?"

Normalerweise esse ich mittags nur eine Scheibe

Brot mit Käse und hinterher natürlich ein Eis. Denn das warme Essen gibt es am Abend im Hotel. Doch heute habe ich mir etwas Besonderes ausgedacht.

„Zuchini-Bratlinge."

„Was ist das?"

„Das ist wie ein Kartoffelpuffer, aber nicht mit geriebenen Kartoffeln, sondern ich reibe eine Zuchini, binde die Masse mit einem Ei, würze und brate sie in der Pfanne."

„Oh! Das klingt lecker! Hast du Zuchini?"

Natürlich habe ich welche, sonst könnte ich sie nicht zubereiten.

„Hm", brumme ich und nicke mit dem Kopf.

„Wo hast du die her?"

Eigentlich habe ich sie von meiner Mutter, doch ich sage: „Die gibt's in jedem Laden."

„Gibst du sie mir?" Mona zieht einen Schmollmund wie ein kleines Kind. Ehe ich antworten kann, spricht sie weiter: „Wenn ich vom Einkauf zurück bin, rufe ich dich an und du bringst mir die Zuchini raus."

Verärgert gehe ich in meine Wohnung und will mir eine Schnitte machen. Aber ich habe keinen Appetit vor Zorn auf mich selbst. Ich wollte mich nicht mehr so von Mona überrumpeln lassen. Und nun ist alles wie immer: Sie bestimmt und ich lasse mich lenken. Natürlich ist es nicht schlimm, wenn sie mich um Hilfe bittet. Ich helfe gern. Doch heute bereitet mir meine Hilfsbereitschaft keine Freude. Ich nehme eine Packung Schokoeis aus dem Kühlschrank und löffle direkt aus der Schachtel.

Als Mona anruft, laufe ich ihr entgegen, packe die Zuchini in ihre Tasche und trage ihr diese bis vor ihre Tür.

Daheim lege ich mich aufs Sofa, um ein wenig zu schlafen und am Abend für den Dienst im Hotel fit zu sein.

Das Telefon klingelt. Mona!

„Also deine Zuchini waren absolut lecker. Meinem Herzallerliebsten haben sie auch geschmeckt. Und wie waren deine?"

„Was meinen Sie?"

„Deine Zuchini-Bratlinge?"

„Ich konnte keine braten, weil ich sie Ihnen gab."

„Du hattest keine? Aber du sagtest, dass du welche hättest."

Hatte! Ich *hatte* welche, bevor ich sie Mona schenkte.

„Ist nicht tragisch."

„Ich habe sie auch nicht gebraten, sondern im Ofen gebacken. Mein allerliebster Toni mag Zuchini am liebsten, wenn ich sie aushöhle, mit Hackfleisch fülle und mit Käse bestreut backe. Da leckt er sich alle Finger ab. Ich habe gleich frisches Hack gekauft."

Na, toll! Sie kauft das Fleisch, um Zuchini zu füllen,

die sie von mir erbettelt, statt sich auch das Gemüse mitzubringen. Jetzt bin ich gekränkt. Aber das schadet mir gar nichts, denn ich bin selbst daran schuld.

Ich stelle mir gerade vor, wie ich Sofie heute Abend davon erzähle und sie sich vor Lachen über meine Dummheit kringelt.

Rasmus

Unser Hotelkoch heißt Rasmus. Das ist ein recht ungewöhnlicher Name, den ich zuvor noch nie gehört hatte. Seine Mutter nannte ihn so nach Astrids Lindgrens Romanfiguren und weil er *der Heißgeliebte* bedeutet.

Ich kenne die Bücher dieser Autorin nicht. Meine Oma schenkte mir einmal *Pippi Langstrumpf*, doch ich warf das Buch fort, weil ich die Streiche des seltsamen Mädchens gemein und die ganze Story unglaubwürdig fand.

Unser Koch ist nicht gemein, ganz im Gegenteil. Er ist herzensgut und ganz besonders liebenswert. Die viele Arbeit in der Küche bewältigt er ganz allein, ich helfe nur am späten Nachmittag beim Gemüse schneiden. Doch wirklich kochen kann ich nicht. Montags hat Rasmus frei. Deshalb gibt es Montags für unsere Hotelgäste nur einen kräftigen Eintopf, den er gut vorbereitet und ich nur aufwärmen muss. Als Nachtisch servieren wir Eis. Das kommt gut bei den Gästen an.

Dienstags fährt er vor seiner Arbeit zu einem Landfleischer, der Montags eine Kuh und ein Schwein schlachtet und das Fleisch frisch verarbeitet. Dort kauft er Fleisch und Wurst und von den umliegenden Bauern Kartoffeln, Milch und Eier. Gemüse und Käse besorgt er auf dem Wochenmarkt in der Stadt, Butter, Nudeln und Gewürze holt die Chefin im Großmarkt.

Leider wird der Landmetzger noch in diesem Jahr schließen, denn sein Schlachtgeselle und die beiden Verkäuferinnen für seinen Laden gehen im nächsten Monat in Rente und neue Mitarbeiter findet er nicht. Vielleicht liegt das an der neuen Mode, sich vegetarisch oder gar vegan zu ernähren oder daran, dass die Arbeit in einer Fleischerei vielen körperlich zu anstrengend ist. Vielleicht liegt es auch am niedrigen Verdienst.

Obwohl unser Koch so viel mehr Verantwortung hat als ich, fällt sein Gehalt erheblich kleiner aus als meins. Dabei ist er viel älter als ich und arbeitet schon länger im Hotel.

Mein Vater hat keinen Respekt vor Köchen, weil er glaubt, kochen kann jeder. Dazu gehört seiner Meinung nicht viel. Er selbst kann allerdings nicht kochen, muss es auch nicht, denn dafür ist Mutter da. Doch die hat keine Lust zum Kochen. Sie kauft

Dinge, die sich leicht und schnell zubereiten oder in der Mikrowelle aufwärmen lassen.

Erst durch Rasmus habe ich gemerkt, um wie viel besser ein frisch gekochtes Gericht schmeckt. Ich weiß jetzt, dass ich Fett nicht meiden darf, weil ich ansonsten ständig hungrig bin. Mich fasziniert, wie schnell man mit wenig Zutaten eine gute Mahlzeit bereiten kann: Nudeln mit Paprika und einer Hackfleischsoße, Bratkartoffeln mit Speck und Spiegeleiern, ein Schnitzel oder Fischfilet in der Pfanne mit Reis und Gemüse und vieles mehr. Und ich habe gelernt, dass man hinterher alle Töpfe und Pfannen schrubbt. Daheim wischte Mutter nur kurz über die Herdplatten, weshalb sie von all den eingebrannten Speiseresten klebrig waren. Damals glaubte ich, das sei normal. Heute weiß ich es besser.

Ich habe meine Eltern nur ein einziges Mal ins Hotel eingeladen, danach nie wieder, weil ich mich so sehr für sie geschämt hatte. Normalerweise sprechen sie nicht viel. Sie sitzen gern beisammen, schweigend. Ich weiß nicht, ob sie sich nichts mehr zu sagen haben oder sich selbst genug sind. Doch hier im Hotel forderte mein Vater lautstark die Speisekarte, obwohl ich ihm sagte, dass wir nur für unsere Hausgäste kochen und zwar täglich ein einziges Menü, bestehend aus Salat, Hauptspeise und Nachtisch. Wir sind nur ein kleines Hotel, das

keine Laufkundschaft hat. Es gibt für unsere Hotelgäste einfache Hausmannskost, keinen Schnick-
schnack. Doch das versteht mein Vater nicht. Oder
er will es nicht verstehen. Er versteht auch nicht,
dass mir das Dienen Freude macht. Er sieht sich
auf der anderen Seite, auf der Seite der Herren,
der Befehlshaber. Daheim stellt er keine Ansprü-
che, doch hier im Hotel ließ er den Koch kommen
und fragte ihn allen Ernstes, ob er selbst kocht
oder nur Fertiges aus der Metro in der Bing auf-
wärmt. Ich war entsetzt, aber Rasmus blieb ruhig
und beantwortete gelassen die vielen peinlichen
Fragen meines Vaters. Obwohl er an allem etwas
auszusetzen hatte, ließ er sich am Ende die Reste
einpacken. Trinkgeld gab er keins, weil das gegen
seine Prinzipien verstößt.

*****

Rasmus ist ein wirklich guter Mensch, aber er weiß
es nicht und würde es auch nicht glauben, wenn
ich es ihm sage. Er fürchtet sich vor der Chefin und
auch vor Sofie und ihrer spitzen Zunge. Ich mag
ihn und seine ruhige Art, seine Zurückhaltung,
seinen scheuen Blick, sein verstecktes Lächeln. Er
spricht nicht viel, doch wenn er etwas sagt, hat es
einen bestimmten Grund, eine Information, eine
Frage – nie loses Geschwätz. Seine Lehren versteckt er in klugen Sprüchen.

„Keine Speisen von weither! Wer importiere Konserven vertilgt, ist Weltbürger."

Nun, ich sehe mich schon als Weltbürger, obwohl ich noch nicht weit gereist bin. Ich verbrachte meinen Urlaub an der Costa Brava in Spanien, am Goldstrand in Bulgarien, in Kroatien und auf Kreta, also alles nicht weit weg. Doch die Welt möchte ich schon sehr gern kennenlernen: Amerika, Thailand, Japan, Peru, Südafrika – einfach alles.

„Man sollte seine Adern mit den Früchten der Heimat nähren."

Adern nähren, Früchte der Heimat. Darüber habe ich anfangs sogar gelacht, weil es so geschraubt klingt. Dabei meint er nur, dass jedes Land und jede Region eine eigene Esskultur hat und man diese Tradition pflegen soll. Es braucht keine fremden Zutaten, um gut kochen zu können. Seitdem ziehe ich einen Apfel der Banane und eine Kartoffel dem Reis vor.

„Das Essen soll zuerst das Auge erfreuen und dann den Magen. Das wusste schon Goethe."

Ich glaube natürlich nicht, dass dieser Spruch von Goethe ist. Den wird sich Rasmus selbst ausgedacht haben.

„Es gibt Leute, die mögen kein Schweinefleisch und welche, die gern rohes Gemüse essen. Doch keiner soll von mir verlangen, auf Schweinefleisch zu verzichten und stattdessen rohes Gemüse zu essen."

Ich lasse mir auch nicht vorschreiben, was ich essen soll und was nicht. Doch auf gesunde Ernährung achte ich seit der Ausbildung schon. Und da gehört nun einmal rohes Gemüse eher dazu als Schweinefleisch. Auch wenn Rasmus behauptet, die Ernährungslehre habe etwas extrem Religiöses und sei keine Tugend, sondern eine ungesunde Fixierung.

Rasmus ist zuverlässig, freundlich und gutmütig. Er sagt von sich, er habe einen bayerischen Charakter: loyal, ehrlich und offen. Ich kenne keine Bayern, habe nur gehört, dass sie an altem Brauchtum festhalten und irrsinnig stolz sind. Stolz ist Rasmus nicht, eher bescheiden. Doch seit dem letzten Monat ist er launisch und wirkt zerstreut und vergesslich. So kenne ich ihn gar nicht.

„Du wirst mir jetzt auf der Stelle sagen, was mit dir los ist!", bestimmt die Chefin.

„Das ist privat und geht niemanden etwas an", brummt Rasmus, dreht sich um und rührt in seinen Töpfen.

„Da irrst du dich! Du kommst jetzt sofort in mein Büro und erzählst es mir!"

Energisch stapft die Chefin davon und klappert dabei laut mit ihren Absätzen auf den Küchenfliesen.

„Hab keine Zeit, muss kochen."

Aber Rasmus wagt nicht, die Chefin zu verärgern und folgt ihr ins Büro.

Rasmus erzählt, dass er zwanzig Jahre lang glücklich verheiratet war. Seine Frau war schwierig, aber
er hätte es schlimmer treffen können und bemühte
sich, rücksichtsvoll zu sein. Im Grunde lebte er
gern mit ihr zusammen. Er war an sie gewöhnt, wie
er sich auch an jede andere Frau gewöhnt hätte.
Eines Tages saßen er und seine Frau gemütlich
beim Frühstück, da sagte sie leichthin: „Ich gehe
weg."

Er nickte und wollte wissen, wohin sie geht.

„Das geht dich nichts an."

Da sie meist so kurz angebunden reagierte, dachte
er sich nichts dabei. Doch dieses Mal war es anders, denn sie hat ihn an diesem Tag verlassen.
Für immer! Sie nahm ihre Koffer und ging zu einem
anderen Mann. Die beiden Kinder blieben zurück.
Das Mädchen lernte Florist, der Junge lernte
nichts. Er trieb sich tage- und nächtelang auf den
Straßen herum.

Das alles wusste die Chefin bereits. Neu ist, dass
der Sohn vor kurzem eine Frau mit ins Haus brachte und mit ihr ihre neun Kinder, das jüngste gerade
zwei Monate alt. Der älteste Sohn war im gleichen
Alter wie der Sohn von Rasmus. Die Kinder springen bis spät in der Nacht durchs ganze Haus und
machen viel Lärm. Wenn Rasmus die Frau bittet,
für Ruhe zu sorgen, schreit sie ihn an, er solle das
Maul halten. Ein normales Gespräch ist mit ihr

nicht möglich. Sie kreischt, schreit und schimpft pausenlos. Und sie raucht! Sogar dann, wenn sie den Säugling auf dem Arm herumschleppt. Doch sobald sie das Kleine absetzt, schreit auch das Kind. Diese seltsame Großfamilie beschlagnahmt das gesamte Haus und verdrängt Rasmus in die Bodenkammer. Er darf zwar Bad und Küche benutzen, doch der Ekel hält ihn davon ab. Sie werfen die Abfälle einfach aus dem Fenster in den Garten und kehren den Boden nicht, so dass herabfallende Speisereste unter den Schuhsohlen kleben bleiben. Sie verbrauchen viel Strom, beteiligen sich aber nicht an den Kosten.

„Dieser ständige Lärm, der Zank um Nichtigkeiten, der Schmutz … Ich ertrage es nicht mehr", beklagt sich Rasmus.

Die Chefin weist ihm ein Hotelzimmer zu, wo er ein bequemes Bett, einen Schrank für seine Sachen, einen Fernseher und ein sauberes Duschbad ganz für sich allein hat. Und er darf täglich essen, worauf er Appetit hat. Schließlich ist er der Koch.

„Ich habe nur eine Bedingung: Du suchst dir sofort eine kleine Wohnung und gehst zu einem Anwalt. Der soll das Haus deinem Sohn überschreiben."

Nun hat Rasmus zwar kein Haus mehr, aber auch weniger Kosten und vor allem weniger Ärger und viel mehr Ruhe und Frieden.

Streithähne

Aus dem Nachbarhaus ertönt Geschrei. Jeden Tag streitet und zankt sich ein altes Ehepaar und wirft sich garstige und obszöne Worte an den Kopf. Die ganze Straße kann das hören.

„Verschwinde! Du hässliche alte Kuh!", schreit der Mann.

„Du stinkender Nichtsnutz! Hau ab!", gibt die Frau zurück.

So geht das stundenlang.

Die Frau arbeitete früher in der nahen Klinik als Krankenschwester, der Mann war Lokführer bei der Bahn. Das sind beides verantwortungsvolle Berufe, wo man viel Geduld braucht und zuverlässig und aufmerksam sein muss. Doch dieses Paar achtet nicht aufeinander, es beschimpft sich nur.

Wenn ich sie zusammen auf der Straße sehe, geht sie ihm weit voraus, dreht sich ab und zu um und schreit, er solle nicht so trödeln. Er schlurft langsam hinter ihr her, stützt sich auf seinen Rollator und brüllt zurück, dass sie nicht so rennen soll. Alles gewürzt mit unflätigen Schimpfworten.

Warum tun sich die Beiden den unnützen Zank an? Und das in ihrem hohen Alter?

Ihre freie Zeit als Rentner können sie nicht genießen, weil sie gern Auto fährt, er aber nur mit dem Zug verreisen will. Sie mag an die Ostsee, er nur in

den nahen Biergarten. Angeblich hat er ein Alko-
holproblem, denn oft schimpft sie ihn einen Säufer
und Trunkenbold. Wenn sie zusammen Sport im
Fernsehen schauen, feuern sie unterschiedliche
Mannschaften an und beschimpfen sich, weil doch
immer die falsche gewinnt.

Wenn ich die Frau treffe, ist sie immer freundlich
und unterhält sich gern. Trotzdem mag ich nicht mit
ihr sprechen, weil ich täglich hören muss, wie böse
sie ihren Mann beschimpft. Der Mann ist selten auf
der Straße. Und wenn, konzentriert er sich auf den
Fußweg, um nicht zu fallen. Das Laufen fällt ihm
sichtlich schwer. Er sieht nicht, wer an ihm vorüber
geht.

Daniela

Mir winkt ein kleiner Junge zu, ich winke zurück.
„Wo gehst du hin?", fragt er keck.
„Ich gehe einkaufen. Und wohin gehst du?"
„Kindergarten, Kindergarten! Juhu!", singt der Klei-
ne und hüpft vergnügt auf einem Bein.
Er trägt grasgrüne Gummistiefel und springt mit
Wucht in eine Pfütze, so dass das schmutzige
Wasser nach allen Seiten spritzt.
„Entschuldigen Sie, mein Ben ist sehr lebhaft."
Eine junge Frau mit langen blonden Haaren, die

sie straff zu einem Dutt zusammengebunden hat wie eine Ballerina, ergreift die Hand des Kindes und lächelt mich an. Sie hat ein schönes und besonders liebevolles Lächeln und wirkt auf mich, als käme sie aus einer anderen Welt. Dieser Gedanke scheint mir recht seltsam, doch es ist so: sie lächelt versonnen, fast entrückt. Entrückt erinnert an Religion, an weltfremd, wozu ihre altbackene Kleidung passt: der lange braune Rock, die dunkle Jacke über einer hellbraunen Bluse.

„Ich mag lebhafte Kinder."

Wieder lächelt die Frau ihr besonderes Lächeln und nickt mir zu. Dann geht sie Richtung KiTa weiter.

„Mach´s gut!", ruft Ben und winkt noch einmal.

Einige Tage später grüßt mich genau diese Frau, als wir uns zufällig in der Nähe meines Hauses begegnen. Ich habe sie sofort an ihrem Lächeln erkannt und grüße erfreut zurück.

„Wohnen Sie auch in dieser Straße?", erkundige ich mich.

Sie nickt und zeigt auf den nächsten Hauseingang. Aber sie geht nicht weiter und will sich offenbar mit mir unterhalten. Doch sie sagt nichts, sie lächelt nur.

Etwas hilflos erzähle ich, dass ich noch nicht lange hier wohne und kaum jemanden kenne.

Wieder nickt sie und sagt: „Ich kenne auch niemanden. Kontakte knüpfen ist ein großes Problem für mich."

Diesen Eindruck habe ich gar nicht, eher erscheint sie mir offen und freundlich.

„Dabei kann Ben helfen, nicht wahr?"

Sie lächelt.

„Das ist wohl wahr. Doch seine Freunde aus dem Kindergarten werden von ihren Eltern abgeholt und sind dann verschwunden. Meine Große, sie heißt Mia, hat es leichter. Sie geht schon zur Schule und kann am Nachmittag allein draußen spielen. In dem Haus", sie zeigt auf das Gebäude gegenüber, „wohnen gleich mehrere Kinder in ihrem Alter."

„Ah! Das freut mich."

Mir sind die laut kreischende Mädchen schon aufgefallen. Meist spielen sie Fangen.

„Haben Sie auch Kinder?"

„Nein."

„Schade. Ich dachte … weil sie so nett mit meinem Ben sprachen." Sie schaut auf ihre Schuhe. „Er wird in zwei Wochen fünf und wünscht sich einen Kindergeburtstag."

„Oh! Das wird sicher lustig."

Die Frau nickt ernst und schüttelt nachdenklich den Kopf.

Meine Geburtstage waren immer ein ganz besonderes Fest und wurden allesamt draußen im Park gefeiert. Meine Schwester dagegen musste meist in der Wohnung feiern, weil sie im Dezember Geburtstag hat und es oft regnete. Nur sehr selten lag bereits Schnee, um zu rodeln und Schneemänner zu bauen.

„Haben Sie ein Motto geplant?", erkundige ich mich, um das Gespräch nicht einschlafen zu lassen.

„Motto?"

„Indianer- oder Seeräuberfest mit Schatzsuche."

Sie zuckt mit den Achseln und sieht mich unsicher an. Mir erscheint das seltsam. Also verabschiede ich mich und gehe meiner Wege.

Einige Tage später treffe ich die Frau wieder.

„Warten Sie!", ruft sie mir zu. „Ich habe eine große Bitte und hoffe, Sie können mir helfen." Sie streckt mir ihre Hand entgegen. „Mein Name ist Daniela."

„Sandra", sage ich und warte darauf, dass sie von ihrem Problem spricht.

„Es geht um Bens Geburtstag. Ich hatte den Eindruck, dass Sie sich auskennen."

„Auskennen ist etwas übertrieben. Wie man heute feiert, weiß ich auch nicht. Aber meine Freundin hat kleine Geschwister. Sie kommt heute Abend zu mir. Kommen Sie einfach dazu und wir fragen sie."

Daniela wird rot.

„Vielen Dank, aber das möchte ich nicht. Ich möchte lieber mit Ihnen allein sprechen."

Das finde ich zwar seltsam, doch wenn sie nicht will, dann eben nicht. Vielleicht mag sie nicht in fremden Wohnungen fremde Leute treffen.

„In unserem Hof steht eine Bank auf der Wiese. Dort können wir uns ungestört unterhalten."

So machen wir es und beschließen, uns zu duzen.

„Was gehört alles zu einem Kindergeburtstag?"

Was soll diese Frage? Ich habe keine Kinder, aber sie hat gleich zwei und wird wohl in jedem Jahr Kindergeburtstage gefeiert haben. Schließlich ist solch ein Fest weltweit üblich. Doch Daniela schaut mich ernst an und wartet offensichtlich gespannt auf meine Antwort.

„Dazu gehören viele Gäste und unbedingt ein Geburtstagskuchen, auf dem fünf Kerzen stehen. Die muss Ben dann ausblasen."

Was erzähle ich da? Jeder weiß, wie ein Kindergeburtstag gefeiert wird. Daniela nickt und legt die Stirn in Falten.

„Ich verstehe. Und was mache ich an solch einem Tag zu essen?"

„Nudeln und Tomatensoße geht immer."

„Das mögen meine Kinder auch." Dann verzieht sie das Gesicht und ich weiß sofort, dass sie an die Kleckerei denkt. Das könnte Ärger mit den Eltern der kleinen Gäste geben.

„Buletten mit Kartoffelbrei oder kleine Würstchen mit Nudelsalat", schlage ich vor.

Sie denkt nach.

„Ja, das kann ich leicht vorbereiten." Wieder denkt

151

sie nach. „Und was mache ich mit den fremden Kindern?"

„Irgendwelche Spiele", gebe ich genervt zurück. „Als ich klein war, machten wir Sackhüpfen, Topfschlagen, Eierlaufen und Würfelspiele mit Essen. Das geht auch, wenn es regnet."

„Mit Essen spielt man nicht", sagt sie streng.

Ich verdrehe die Augen. Da sie offenbar keines der Spiele kennt, erkläre ich die Regeln, worüber sich Daniela köstlich amüsiert.

„Und du musst ganz schnell die Einladungen verschicken!", rate ich.

„Aber ich kenne doch niemanden!", ruft sie verzweifelt aus.

Ich seufze, weil sie so umständlich ist.

„Wende dich an Bens Erzieherin. Sie weiß, mit wem dein Kind gern spielt. Vielleicht ist sie so nett und übergibt den Eltern die Einladung oder macht dich mit ihnen bekannt."

„Und wenn sie mich gar nicht mögen?"

Was soll diese Frage? Es geht um Ben.

„Dann mögen sie dich eben nicht."

Ich breite die Arme aus und lache, um dem Satz die Schärfe zu nehmen.

„Schreibe deine Adresse und Telefonnummer auf die Einladung, gib Anfang und Ende des Festes an und bitte um Rückruf!"

Daniela bedankt sich und geht, während ich zurück bleibe und über das Gespräch nachdenke. Die

Frau ist mir ein Rätsel, weil sie gleichzeitig offen und reserviert ist, klug und umständlich wirkt und trotz der zwei Kinder irgendwie hilflos.

*****

Einen Tag nach dem Kindergeburtstag klingelt Daniela an meiner Tür und drückt mir ein kleines Paket in die Hand, das mit einer großen Schleife zusammengehalten wird.

„Das ist der Rest vom Kuchen. Ich hoffe, er schmeckt dir."

„Ich koche uns Kaffee und wir genießen beide den Kuchen", schlage ich vor und Daniela stimmt zu.

Sie erzählt, dass der Geburtstag ein voller Erfolg war und sie sich sogar mit zwei Müttern angefreundet hat.

„Allerdings weiß keine, was mit mir los ist."

Was mit ihr los ist? Das klingt nicht gut. Vermutlich hatte sie wie so viele meiner neuen Nachbarn psychische Probleme und war monatelang in der nahen Klinik. Daniela schaut mich halb ängstlich und halb trotzig an und ich befürchte, dass sie mir gleich ihre komplizierte Krankengeschichte erzählt. Lust darauf habe ich keine. Trotzdem frage ich, ob sie darüber reden möchte und hoffe, dass sie vielleicht nur Ärztin oder Krankenschwester ist.

Sie seufzt und kratzt mit dem Fingernagel auf ihrem Rock. Ich mag es nicht, wenn jemand eine

Andeutung macht und danach schweigt. Sie soll es erzählen oder bleiben lassen, aber die Geschichte nicht mit Seufzen, Stöhnen und Luftanhalten künstlich und unnötig spannend machen. Dann will ich sie gar nicht mehr hören.

„Du musst darüber nicht reden, wenn du nicht willst."

„Doch, doch!", versichert sie eilig und erzählt:

„Ich gehörte bis vor einem halben Jahr zu Jehovas Zeugen." Wieder seufzt sie und ergänzt: „Jehovas feiern keine Geburtstage. Und weil ich das nicht kenne, wusste ich nicht, wie solch ein Fest aussehen muss. Deshalb war ich so dankbar für deine Tipps."

Sie kennt keine Geburtstagsfeiern? Nicht einmal als Kind?

„Jehovas feiern auch kein Weihnachten und kein Ostern, weil es heidnische Feste sind."

Ich weiß, dass Ostern und Weihnachten uralte germanische Bräuche sind, auch wenn die Kirche das anders sieht. Doch woran glauben Jehovas? Ich weiß nur, dass sie mit der Bibel in der Hand von Tür zu Tür ziehen, um die Menschen zu missionieren. Mein Vater nannte sie herablassend Hausierer und ermahnte mich, sie niemals in die Wohnung zu lassen. Das hatte ich sowieso nie vor, doch nun sitzt solch ein Sektenmitglied in meiner Stube und trinkt gemütlich Kaffee.

„Du bist Mitglied in dieser Sekte?", rufe ich aus und erschrecke, weil ich empörter klinge gewollt.

Es steht mir nicht zu, sie zu kritisieren. Schließlich ist es ihre eigene Sache, woran sie glaubt und woran nicht.

Daniela schluckt und schaut mich prüfend an. Offenbar überlegt sie, ob sie weitersprechen soll.

Dann sagt sie ernst: „Jehovas sind keine Sekte. Es ist eine christliche Gemeinschaft, die sich so eng wie möglich an die christlichen Lehren hält." Fast flüsternd ergänzt sie: „Außerdem sagte ich, dass ich *bis vor* einem halben Jahr dazugehörte."

„Jetzt nicht mehr?"

„Nein, jetzt nicht mehr, obwohl ich mich in der Gemeinschaft immer wohl fühlte und dort behütet aufgewachsen bin."

Was für Daniela behütet ist, wären für mich eher unangenehm strenge religiöse Regeln.

„Zwar durfte ich während meiner Schulzeit keinen Kontakt zu Ungläubigen haben und auch nicht mit auf Klassenfahrten, aber ich kannte es nicht anders. Außerdem gab es in der Gemeinde genug Kinder, mit denen ich spielen konnte. Ich habe nichts vermisst."

Ich erinnere mich an einen Jungen in meiner Klasse, der in den Pausen nicht hinaus auf den Hof stürmte, sondern lieber im Zimmer blieb und las. Er spielte nie mit den anderen Kindern und beteiligte sich auch nicht an Ausflügen. Er war Klassenbester und wurde anfangs viel gehänselt. Doch weil er darauf nie reagierte, nicht einmal wütend wurde, hörten wir auf, ihn zu ärgern. Vielleicht war er ebenfalls so ein Jehova. Ich habe ihn nie gefragt.

„Später habe ich Handelskaufmann gelernt und wollte in diesem Beruf arbeiten. Doch dann lernte ich Christian kennen, wir heirateten und ich wurde sofort schwanger." Sie lächelt ihr besonderes entrücktes Lächeln. „Dann konnte ich natürlich nicht mehr arbeiten gehen."

Daniela erklärt, dass die Aufgabe der Frau darin besteht, ihren Mann zu unterstützen, den Haushalt zu führen und die Kinder zu betreuen.

„Ich finde das richtig", erklärt sie energisch, als müsse sie etwas verteidigen, obwohl ich gar nichts gesagt habe. „Dieses Geschwafel von Selbstverwirklichung ertrage ich nicht. Wenn man liebt, hat man ohnehin nur das Wohl seines Partners im Kopf. Und das ist gut so. Man muss einfach nur wissen, was man will. Das ist alles."

Überrascht schaue ich sie an. Glaubt sie wirklich, dass es eine Frau glücklich macht, nur für die Familie zu leben?

„Möchtest du nicht lieber arbeiten gehen wie dein Mann?"

„Nicht, so lange die Kinder noch so klein sind. Sie brauchen Liebe und Sicherheit."

„Und du bleibst dabei auf der Strecke."

Ich sehe ihr an, dass sie mich nicht versteht.

„Kämpfst du gar nicht dafür, dass Männer und Frauen die gleichen Rechte haben?"

„Wozu? Gleiche Rechte haben sie längst. Sie haben nur nicht alle die gleichen Möglichkeiten und auch nicht die gleichen Pflichten."

„Von welchen Möglichkeiten und Pflichten sprichst du?"

„Der eine ist geschickt, der andere nicht; also haben diese beiden die gleichen Rechte, aber nicht die gleichen Möglichkeiten. Der eine hat Familie, der nächste nicht; also haben sie zwar die gleichen Rechte, aber nicht die gleichen Pflichten."

Das mit den Möglichkeiten verstehe ich, aber nicht das mit den Pflichten.

„Der Mann versorgt die Familie, während sich die Frau um die Kinder kümmert, vor allem, wenn sie noch klein sind."

„Wo lebst du denn?", frage ich halb lachend und halb empört. „Heute sind Frauen genauso frei und unabhängig wie ihre Männer."

„Frei und unabhängig", schnauft sie. „Kann man frei und unabhängig sein vom eigenen Gewissen, frei und unabhängig von Mutter- und Ehepflichten? Das wäre eine recht traurige Freiheit."

Ich kann nicht fassen, dass sie es gut und richtig findet, abhängig von ihrem Mann zu sein. Hat sie überhaupt einen Mann? Muss sie wohl, wenn sie von Ehepflichten spricht.

„Was verstehst du unter Ehepflicht?"

„Treue. Absolute Treue. Die Unmoral breitet sich heutzutage aus wie eine Seuche."

„Heißt das, du willst deinem Mann treu bis in den Tod bleiben?", frage ich ungläubig, denn so etwas gibt es nicht.

Man kann nie wissen, wie lange die Liebe hält und man sich trennt. Jede zweite Ehe wird geschieden, wobei die zweiten Ehen meist besser sind und länger halten als die ersten.

„Selbstverständlich bleibe ich meinem Mann treu."

Daniela schaut mich empört und direkt gekränkt an, als würde ich ihr etwas besonders Böses zutrauen. Dabei ist sie durch die Erziehung bei den Jehovas nur weltfremd. Ich frage sie, warum sie ausgetreten ist.

„Das ist eine sehr schlimme Geschichte, unter der ich sehr leide." Daniela lässt die Schultern hängen. „Weil mein Schwiegervater fremd ging, wurde er aus der Gemeinschaft ausgeschlossen. Die Ehe ist heilig und Ehebruch ein unverzeihliches Vergehen mit schweren Konsequenzen."

Ihre Mundwinkel zucken und sie wischt sich kurz über die Augen.

Die Zeiten, in denen man Ehebruch als ein Vergehen empfand, sind lange vorbei und Scheidung so normal wie die Heirat. Trotzdem halte auch ich Betrug für unverzeihlich, obwohl laut Statistik jeder Dritte fremdgeht.

„Wir haben uns daheim jeden Tag heftig gestritten, weil Christian trotz allem zu seinem Vater hielt. Er war der Meinung, dass sein Vater eine zweite Chance bekommen sollte, weil er seine Sünde bereute. Ich bin der Meinung, er hätte vorher nachdenken müssen und nicht glauben, dass mit einer Entschuldigung alles vergeben und vergessen ist. Deshalb hielt ich den Ausschluss für notwendig und wollte wie alle anderen Mitglieder keinen Kontakt mehr zu diesem Mann. Nur Christian besuchte seinen Vater, nachdem sich seine Eltern getrennt hatten. Ich fand das nicht richtig."

„Aber er ist doch sein Vater!"

Daniela streicht ihren Rock glatt und seufzt.

„Genau das sagte Christian auch, doch für mich war er ein Sünder, dem ich nicht mehr trauen konnte. Etwa zur gleichen Zeit begann Christian zu studieren, obwohl ein Studium nicht gern gesehen ist, denn Universitäten sind Sündenpfuhle, die mit ihrer Unmoral den Charakter zerstören. Außerdem ist die biblische Bildung von höherem und größerem Wert als jedes Hochschulstudium."

Ich schüttle kurz den Kopf, sage aber nichts.

„Christian pflegte trotz Verbot Kontakte zu Männern *und Frauen*, die nicht in der Gemeinschaft sind. Das machte mir Angst."

„Weil er sich mit anderen Studenten traf?"

Daniela nickt.

„Ich merkte, dass er sich veränderte und verstand

159

ihn nicht mehr. Schließlich weigerte er sich, zu den Zusammenkünften unserer Gemeinde zu gehen, die jede Woche stattfinden. Mich hat das damals schwer belastet." Sie denkt nach. „Es gibt Regeln, an die man sich halten muss."

Natürlich gibt es Regeln, an die man sich halten muss, doch dabei denke ich vor allem an Verkehrsregeln oder Gesetze, dass man sich nicht an fremdem Eigentum vergreift und niemanden quält.

„Warum haltet ihr euch freiwillig an all die unangenehmen Vorschriften?"

„Wir sind damit aufgewachsen und haben es nie als unangenehm empfunden. Außerdem helfen die Grundsätze und Regeln der Bibel, gute Entscheidungen zu treffen."

Offenbar sah ihr Mann das anders.

„Eines Tages teilte mir Christian mit, dass er die Gemeinschaft verlässt. Das hat mich zutiefst schockiert, obwohl ich es insgeheim bereits ahnte, es nur nicht wahrhaben wollte. Ich hatte nun als seine Frau die Wahl, mich von ihm zu trennen oder ihm weiterhin treu zu bleiben und mit ihm die Gemeinschaft zu verlassen."

Mir ist klar, dass unterschiedliche religiöse, kulturelle und politische Einstellungen in einer Beziehung Konflikte mit sich bringen, weil jeder glaubt, dass nur sein Glaube der einzig wahre und richtige ist und andere Ansichten nur schwer tolerieren kann.

„Doch inzwischen gab es den kleinen Ben." Daniela schaut mich verklärt an, aber dann verfinstert sich ihr Gesicht. „Ich hatte die Wahl zwischen Christian und der Gemeinschaft. Das war keine leichte Entscheidung, weil ich damit mein gesamtes soziales Umfeld verliere, meine Freunde und auch meine Familie."

„Aber warum?", rufe ich aus, obwohl ich die Antwort bereits kenne.

Ich finde es furchtbar, seine Eltern, Freunde und Geschwister nicht mehr sehen zu dürfen. Und das nur, weil man seinen Glauben geändert hat. Man ist doch trotzdem der gleiche Mensch geblieben.

„Hast du wirklich gar keinen Kontakt mehr zu deiner Familie?"

Daniela schüttelt traurig den Kopf.

„Meine Eltern und Christians Mutter sind nicht einmal zu Mias Einschulung gekommen, nur sein Vater."

Nun ist mir klar, weshalb sich Daniela schwer tut, sich mit Nachbarn und Müttern aus der KiTa anzufreunden. Sie will den Kontakt, aber sie glaubt, dass die Menschen sie ebenso ablehnen wie die Jehovas die Ungläubigen.

„Auch, wenn meine Eltern mich verstoßen haben und weder mich noch meine Familie sehen wollen, bete ich jeden Tag für sie."

„Das ist doch nutzlos!", rufe ich aus.

„Das mag sein, aber es schadet auch nicht."

Nein, es schadet nicht, doch ich könnte meinen Eltern nicht täglich Gutes wünschen, wenn sie den Kontakt mit mir ablehnen, weil ich nicht so bin wie sie es gern hätten.

„Ich bin meinen Eltern nicht böse. Sie haben mich in bestem Gewissen so erzogen, wie sie es für richtig hielten. Ich weiß, dass sie mich lieben, auch wenn sie das nie sagten. Sie dürfen und wollen mich nicht sehen, weil ich eine Abtrünnige, eine Ungläubige bin. Aber sie finden es richtig, dass ich dort bin, wo mein Mann ist, weil ich durch meinen Treueschwur für immer zu ihm gehöre."

Daniela lächelt, aber es ist ein trauriges Lächeln.

„Anfangs war es schwer für mich, weil ich mit der neuen Freiheit nicht zurecht kam. Ich war es nicht gewöhnt zu wählen, denn alles war immer bereits vorgegeben und durch Gesetze geregelt. Mir haben die Kinder geholfen, mein neues Leben zu genießen. Mia spielt ungezwungen mit den Nachbarskindern und Ben darf in den Kindergarten. Und mir verbietet keiner mehr, Jeans zu tragen."

Jetzt lacht sie.

Ich wusste bisher nicht, dass Jehova-Frauen lange Röcke tragen und sich unauffällig kleiden müssen. Ich weiß so vieles nicht.

Kevin

Meine wunderschöne Sandra – ich wohne mit zwei Männern in einer 4-Raum-Wohnung, habe ein eigenes Zimmer mit einem Bett, einem Schrank und einen Schreibtisch. Hier kann ich arbeiten und keiner darf mich stören. Du würdest mich nicht stören, wenn Du mich besuchst. Bitte komme recht bald! Darauf freut sich schon jetzt Dein Kevin

Spinnt der? Warum soll ich ihn besuchen? Darauf kann er warten, bis er schwarz wird.

Liebe schweigende Sandra – sicher hast Du wenig Zeit und musst viel arbeiten. Ich versuche, Dich mir bei einer Arbeit vorzustellen. Doch ich möchte Dich nicht mitten zwischen vielen Menschen sehen, lieber ganz allein zwischen vielen Blumen. Blumen passen sehr gut zu Dir, am besten blaue. Dein Kevin, der immer noch auf Dich wartet

Soll er warten. Ich will ihn nicht besuchen und werde es auch nicht tun. Ich muss dem ganzen Unsinn ein Ende bereiten und ihm deutlich machen, dass er mich in Ruhe lassen soll.

Hallo, Kevin – ich arbeite in einem Hotel und habe wenig Zeit und auch keine Lust, Dich zu besuchen. Sandra

Meine liebe fleißige Sandra – tausend Dank für Deine Zeilen. Mir wären in einem Hotel zu viele Leute. Schon die beiden Männer hier in der Wohnung sind mir zu viel, obwohl sie keinen Lärm machen. Aber ich höre sie, wenn sie über den Flur laufen oder die Klospülung drücken. Manchmal treffe ich einen in der Küche. Dann laufe ich weg und schließe mich wieder in meinem Zimmer ein. Allein Dich würde ich sehr gern sehen. Dein Dich sehr bewundernder Kevin

Er läuft weg, wenn er die Männer trifft, mit denen er zusammen wohnt. Das ist krank. Nur mich möchte er treffen. Irgendwie rührt mich das. Doch ich möchte ihn nicht sehen und ihm auch nicht schreiben, obwohl ich seine Briefe recht nett finde. Ob ich sie Sofie zeige? Lieber nicht! Wozu auch? Die Briefe sind harmlos. Und auch schön. Er sieht mich zwischen Blumen – irgendwie süß.

Sandra, Du bist meine Traumfrau! Denn ich träumte in der letzten Nacht ganz wunderbar von Dir, von uns. Wir lebten zusammen in einem winzigen Haus in dem Dorf, in dem ich aufwuchs und waren glücklich. Dein Dich liebender Kevin

Jetzt wird er ganz verrückt! Traumfrau. Glücklich in einem Dorf. Der spinnt komplett! Er behauptet,

mich zu lieben, hat aber von Liebe und Freund-
schaft keine Ahnung. Was soll ich ihm antworten?
Dass ich einen Freund habe? Das wäre gelogen.
Ich werde ihm eindeutig die rote Karte zeigen.

*Kevin, nimm Dir eine Wohnung in Deinem Dorf,
aber lass mich damit in Ruhe! Ich fühle mich wohl
hier in der Stadt. Sandra*

*Meine liebste Sandra – es war nur ein Traum, der
mir gefiel, Dich aber nicht ärgern soll. Ich kann mir
keine eigene Wohnung nehmen, weil ich im Alltag
Hilfe beim Einkaufen und Zubereiten der Mahlzei-
ten brauche. Mein Essen liefert der Sozialdienst.
Mache Dir also keine Sorgen um Deinen Kevin*

Sorgen. Ich mache mir keine Sorgen. Schon gar
nicht um Kevin. Jeden Tag schreibt er einen neuen
Brief und geht mir damit furchtbar auf die Nerven.

*Mein liebes Stadtmädchen! Ich kann nicht zurück
ins Dorf, weil es dort keinen Sozialdienst gibt.
Außerdem wäre es sehr dumm, an einen Ort zu-
rückzukehren, an dem man einmal glücklich war.
Man wird das Glück dort nicht finden, weil es nicht
in diesem Ort verborgen liegt, sondern in einem
selbst, zusammen mit einer bestimmten Person
wie meine Mutter, mit der ich nicht mehr glücklich
sein kann, weil sie nicht mehr lebt. Das macht den*

Verlust des Glücks noch schlimmer. Unerträglich schlimm! Mir gefällt mein Leben als Übersetzer. Ich möchte nur sehr gern eine Frau haben, einen Schatz wie Dich. Dein Dich sehr verehrender Kevin

Jetzt reicht´s! Er wünscht sich eine Frau und nennt mich Schatz. Das geht nun wirklich entschieden zu weit.

Kevin! Wenn Du eine Frau möchtest, dann suche Dir eine. Nenne mich nie wieder Schatz! Sandra

Meine liebste Sandra – ich empfinde Dich als einen Schatz, weil Du für mich etwas Besonderes bist. Ich mag keine Menschen um mich, weil ich sie nicht verstehe. Sie sind mir zu laut und zu hektisch. Deshalb sehe ich sie gar nicht als Mensch, sondern als verschwommene bunte Kleckse. Blaue Kleckse ertrage ich, rote gar nicht, schwarzen und weißen Klecksen weiche ich aus. Nur meine Eltern habe ich so gesehen, wie sie wirklich waren – und nun Dich. Du bist kein Klecks, Du bist eine wunderschöne Frau, die mir sehr am Herzen liegt. Das ist völlig neu für mich und ich weiß nicht, wie ich mich verhalten soll. Ich möchte Dich ganz fest an mich zu drücken, was ich nicht einmal meiner Mutter erlaubte. Nun weißt Du, weshalb ich mich so sehr zu Dir hingezogen fühle

und Dich gern sehen möchte. Dein Dich vermis-
sender Kevin

Natürlich gefällt mir, dass ich für Kevin etwas Besonderes bin. Er sieht Menschen als Farbkleckse, das kann ich mir gar nicht vorstellen. Nur mich nicht. Doch was soll ich mit diesem Geständnis anfangen? Ich schließe die Augen und versuche, mir Sofie verschwommen als Klecks vorzustellen. Es gelingt mir nicht. Ich würde ihr Lächeln nicht sehen und nicht, wie ihre Augen blitzen, wenn sie mich aufzieht. Ihr Lachen und ihr Spott würden Schmerzen in meinen Ohren und im Kopf verursachen. Nein, das wäre gruselig. Mir tut Kevin leid. Trotzdem muss ich einen Weg finden, ihn loszuwerden. Deshalb suche ich die Visitenkarte der Sozialarbeiterin Nadja und rufe sie an.

„Kevin stellt mir nach."

„Welcher Kevin?"

Sie weiß nicht, von welchem Kevin ich rede? Betreut sie so viele Patienten, dass sie sich nicht an Kevin und unser Gespräch vor wenigen Tagen erinnert? Dabei hatte ich den Eindruck, dass sie ihn und sein Problem genau kennt, zumal er wohl mehrere Wochen oder gar Monate in dieser Klinik verbrachte.

Schließlich erinnert sie sich und fragt: „Er lauert dir auf?"

„Nein, er schreibt jeden Tag Briefe, in denen er

mich Schatz und Traumfrau nennt."

Nadja atmet geräuschvoll aus. Sicher ist sie entsetzt und überlegt, wie sie mir helfen kann.

„Was empfindest du dabei?"

„Was ich empfinde? Angst empfinde ich! Abscheu. Ich fühle mich belästigt."

„Dann schreibe ihm, dass er das lassen soll und er wird sich daran halten."

So einfach ist das? Ich hatte ihm deutlich geschrieben, dass er mich nicht Schatz nennen soll und dass ich keine Zeit für ihn habe. Aber ich hatte ihm nicht geschrieben, dass er mir nicht mehr schreiben darf.

„Mich überrascht das. Ich meine, so kenne ich Kevin gar nicht. Er hat bisher jeden Kontakt gemieden und nicht einmal mit mir gesprochen. Ich konnte nie zu ihm durchdringen." Nach einer Pause fragt sie: „Kannst du mir die Briefe weiterleiten?"

Warum? Was will sie mit diesen Briefen? Will sie eine Diagnose stellen? Seine Psyche analysieren? Ein Datenblatt über seine Entwicklung füllen? Und welche Rolle spiele ich bei diesem Verfahren?

„Ich habe sie bereits gelöscht", lüge ich.

„Das ist schade. Die Briefe hätten helfen können."

„Wobei? Ist Kevin noch Patient bei euch?"

„Das nicht. Aber ich hätte die Briefe gern in seine Krankenakte aufgenommen."

„Die Briefe sind privat", wende ich ein.

„Nun, Post wird in der Regel nicht dem Patienten,

sondern dem Betreuer ausgehändigt. Bei einem Mailkontakt ist das schwieriger."

Das heißt, dass ein Fremder bestimmt, ob und welche Briefe der Kranke bekommt? Das gefällt mir nicht. Zwar bin ich kein Therapeut, doch das Verletzen des Briefgeheimnisses geht mir entschieden zu weit.

„Du kannst trotzdem helfen, indem du dich mit Kevin triffst und mir hinterher davon berichtest."

„Warum sollte ich das tun?", frage ich empört.

„Für uns ist interessant, ob Kevin mit dir spricht und wie er sich ausdrückt."

Ich soll ihn ausspionieren, damit sie seine Worte in die Krankenakte malen kann? So etwas mache ich nicht.

„Nein! Ich möchte ihn nicht treffen. Auf keinen Fall!" Eilig verabschiede ich mich.

Wie kann Nadja glauben, dass ich Kevin aushorche und ihr berichte, was er tut und was er sagt? Traut sie mir ein derart mieses Verhalten zu? Ich habe ihr von den privaten Briefen erzählt und davon, dass mich Kevin Schatz nennt. Das hätte ich nicht tun dürfen. Offenbar hat sie keinen Zugang zu seinem Computer, was mich ein wenig beruhigt.

*****

Natürlich ist wieder eine Mail von Kevin im Postfach.

Meine liebe ferne Freundin Sandra – ich hoffe, dass Dich meine Briefe nicht belästigen. Falls doch, schreibe ich keine mehr. Zwar wäre ich sehr traurig, den Kontakt zu beenden, doch ich möchte, dass Du immer glücklich bist. Dein Freund Kevin

Mir kommen die Tränen, als ich den Text lese. Er möchte mich nicht belästigen und bietet mir an, nicht mehr zu schreiben, damit ich glücklich bin. Ich schäme mich, weil ich Nadja von den Briefen erzählt habe und weiß, dass ich meinen Fehler nie wieder gut machen kann. Am Ende sucht sie Kevin auf und befragt ihn.

Hallo, Kevin! Ich habe heute Nachmittag Zeit und könnte Dich 14 Uhr im Eiscafé am Markt treffen. Sandra

Noch in der gleichen Minute antwortet er: *Ich bin da!*

*****

Schon von weitem sehe ich Kevin, wie er mit gesenktem Kopf vor dem Café steht. Schaut er nicht nach mir aus? In seinem Gesicht sehe ich keine freudige Erwartung, was mich schwer enttäuscht. Trotzdem umarme ich ihn ganz automatisch, wie ich jeden Bekannten bei der Begrüßung umarme. Ich küsse seine linke Wange und er zuckt zusammen, als hätte ich ihm wehgetan. Seine Hände verkrampfen sich in seinen Hosenbeinen und er tritt nervös von einem Bein auf das andere.

„Was ist?", fauche ich.

Ich hatte ganz vergessen, dass er Berührungen nicht mag und ärgere mich über mich selbst.

Etwas versöhnlicher sage ich: „Lass uns hineingehen!"

In der hinteren Ecke ist ein freier Tisch, weil die meisten Leute am Fenster oder gleich draußen sitzen. Kevin setzt sich so, dass er nicht in den Raum, sondern gegen die Wand schaut. So habe ich den besseren Platz, denn ich kann den gesamten Raum überblicken und die Leute beobachten.

„Warst du schon einmal hier?"

Kevin schüttelt den Kopf.

Ich greife nach der Eiskarte, obwohl ich bereits weiß, dass ich drei Schokokugeln mit Schlagsahne und Eierlikör bestelle.

Kevin tippt mit seinem Zeigefinger auf die Karte und hört nicht auf damit. Das macht mich nervös.

„Lass das!"

Sofort versteckt er seine Hände unter dem Tisch und senkt den Blick auf den Boden.

„Entschuldige bitte! Wolltest du mir zeigen, welchen Eisbecher du magst?"

Kevin nickt und schaut mich ängstlich von unten

her an. Das tut mir sofort leid. Ich bitte ihn, mir den Becher zu zeigen und bestelle unser Eis.

„Du musst mit mir reden! Ich kann schließlich nicht Rätsel raten."

Statt einer Antwort höre ich nur eine Art Grunzen. Plötzlich beugt er sich über den Tisch, tippt heftig mit dem Finger auf meine Brust und ruft laut: „Sandra!"

Ringsum drehen die Leute ihre Köpfe, einige lachen, andere runzeln die Stirn. Ich mache mich hier zum Gespött. Das halte ich nicht aus. Dabei bin ich selbst schuld an dieser Situation. Ich hätte es wissen müssen, dass diese Begegnung schief geht. Am besten, ich sage, was ich zu sagen habe, bezahle und verschwinde so schnell wie möglich.

„Nadja, das ist die aus der Klinik. Also Nadja weiß, dass du mir Briefe schreibst. Sie will sie lesen, aber das habe ich abgelehnt."

Kevin konzentriert sich auf seinen Eisbecher, schaut nicht auf und zeigt keine Reaktion. Hat er mir überhaupt zugehört? Versteht er nicht, was ich gesagt habe? Das Eis scheint ihm nicht zu schmecken, denn er rührt mit dem Löffel im Becher herum und sitzt mir verkrampft mit hochgezogenen Schultern gegenüber. Ich halte diesen Anblick nicht mehr aus.

„Wundere dich also nicht, wenn sie dich aufsucht."
Etwas freundlicher ergänze ich: „Es tut mir leid."
Aber ich sage nicht, was mir leid tut. Ich habe ihn

bloßgestellt und mache es wieder, indem ich ihn hierher in dieses Eiscafé bestellte. Dabei weiß ich, dass er keine Menschen um sich erträgt und auch, dass er nicht sprechen kann. Aber er schreibt wunderschöne Briefe.

Ob Nadja oder ein anderer Betreuer Kevins Laptop konfiszieren darf? Möglich ist das, da sie auch die Post kontrollieren. Doch das frage ich ihn nicht. Er antwortet ja doch nicht. Im Grunde ist alles gesagt, ich kann also gehen.

„Ich muss los. Du kannst noch sitzenbleiben."

Als ich aufstehe, springt Kevin so heftig auf, dass sein Stuhl nach hinten kippt und dabei laut polternd umfällt. Wieder schauen sich alle Leute nach uns um. Kevin stellt sich mir in den Weg, tippt auf meine Brust und dann auf seine Wange. Was soll das? Ich schiebe ihn beiseite und eile hinaus. Erst draußen fällt mir ein, dass ich nicht bezahlt habe. Soll ich zurückgehen oder kann Kevin das übernehmen? Hat er überhaupt Geld? Er verdient mit seinen Übersetzungen, doch ich weiß nicht, ob er das Geld auch ausgehändigt bekommt. Was soll ´s? Es ist nicht mein Problem. Trotzdem plagt mich mein schlechtes Gewissen.

*****

Liebste Sandra, ich weiß, warum Du so schnell fortgelaufen bist. Dir war es unangenehm, mit mir am Tisch zu sitzen, weil ich nicht rede. Dabei möchte ich Dir so viel sagen! Ich kann das aber nur in meinen Briefen. Ich weiß, wie ich auf die Menschen wirke, aber ich kann es nicht ändern. Wir müssen uns nicht mehr treffen, wenn Dir das peinlich ist. Aber ich würde alles aushalten, wenn ich Dich nur sehen darf. Zum Abschied hätte ich gern wieder einen Kuss von Dir gehabt – wie der zur Begrüßung. Dein Dich über alle Maßen liebender Kevin

Es ist seltsam, dass Kevin so schöne Briefe schreibt, aber nicht reden und auch keine Gefühle zeigen kann. Wie soll man mit solch einem Menschen umgehen? Ich kann das nicht. Ich muss das auch nicht. Ich weiß nur nicht, wie ich ihm sage, dass ich ihn nicht mehr wiedersehen will, ohne ihn zu verletzen.

Detlef

Detlef ist der neue Mieter in unserem Haus. Die Wohnung über mir stand ein halbes Jahr leer, in ihr soll eine alte Frau mit einem jungen Mann, vermutlich ihrem Sohn, gewohnt haben. Detlef fällt mir sofort auf, weil er sehr groß ist, blonde Locken und strahlend blaue Augen hat. Wenn wir uns begegnen, lacht er mich an und sagt etwas Nettes über meine Haare, mein Lächeln oder mein Kleid, fragt, wie es mir geht, ob ich Hilfe brauche. Dabei ist er keineswegs zudringlich. Kurzum: Er ist hinreißend! Und auffallend anders als alle anderen Männer, die mir bisher begegneten. Seinem Charme kann ich einfach nicht widerstehen. Muss ich auch nicht, denn ich bin frei und ungebunden.

Auch Sofie ist ganz verrückt nach Detlef. Aber er hat nur Augen für mich, obwohl Sofie die Hübschere und Lebhaftere von uns beiden ist. Wenn wir zu dritt zusammensitzen, hört er uns aufmerksam zu und interessiert sich für alles, was wir sagen und machen. Zu Sofie ist er freundlich, doch zu mir irgendwie besonders, nicht nur nett, sondern direkt liebevoll. Ja, liebevoll.

Wenn ich daheim bin, denke ich an ihn. Sogar bei der Arbeit geht mir Detlef nicht aus dem Sinn. Sofie neckt mich und rät mir, aktiv zu werden, ihm deutlich zeigen, dass er mir gefällt und dass ich an einer Beziehung mit ihm interessiert bin. Bin ich das wirklich? Oder bin ich nur nach fast einem Jahr ohne Freund in einer Art Torschlusspanik? Immerhin werde ich im nächsten Jahr bereits Dreißig.

„Eine Freundin hat er jedenfalls nicht", sagt Sofie.

„Woher willst du das wissen?"

„Das hätten wir gemerkt. Oder hast du schon mal eine Frau bei ihm gesehen?"

„Das nicht. Aber er geht oft aus. Außerdem ist er viel zu jung für eine feste Beziehung."

175

Ich schätze ihn auf maximal fünfundzwanzig Jahre, also etwas jünger als ich. Er strahlt so etwas unbekümmert Jungenhaftes aus. Meine Mutter sagt, der Mann dürfe niemals jünger als seine Frau sein, aber auch nicht viel älter. Drei bis fünf Jahre Altersunterschied wären ideal. Sonst funktioniert die Beziehung nicht. Doch ich glaube nicht, dass eine gute Beziehung vom Alter abhängt. Mutter sagt auch, dass eine Frau spätestens mit fünfundzwanzig heiraten sollte, mit dreißig wäre sie eine alte Jungfer, für die sich kein Mann mehr interessiert. Heutzutage ist das anders, aber das weiß meine Mutter nicht. Für sie bin ich zu alt, um eine Familie zu gründen, doch ich fühle mich nicht alt. Auch Sofie will sich noch Zeit lassen, sich noch nicht binden, sondern das Leben frei genießen. Doch ist das Leben nur dann schön, wenn man allein ist, keine Rücksicht nehmen muss und machen kann, was man will? Ich scheue die Verantwortung für ein Kind nicht. Vermutlich könnte ich nicht mehr im Hotel arbeiten, zumindest nicht an den Abenden. Doch das wird sich alles finden, wenn es soweit ist. Sofie kichert. „Du und Detlef - ihr wärt ein schönes Paar."

Schönes Paar. Als ob es darauf ankäme! Ich kenne Detlef gar nicht. Aber ich muss zugeben, dass ich ihn wahnsinnig gern besser kennen möchte. Und zwar sehr viel besser.

Bei diesem Gedanken wird mir so heiß, dass mir

das Blut ins Gesicht schießt.

„Ich sehe dir an, woran du gerade denkst", neckt mich Sofie. „Jedenfalls gefällst du ihm. Worauf wartest du also?"

Ja, ich merke, dass ich ihm gefalle. Aber reicht das? Mir fällt ein, dass ich gar nichts über ihn weiß, nicht, wie alt er ist, was er macht, was er gern isst und ob er Lust auf ein Date hat. Detlef hat zwar viel erzählt, aber nichts über sich, sondern lustige Geschichten von seinen Reisen. Von mir dagegen weiß er so ziemlich alles.

*****

Ich sitze auf dem Sofa und schaue eine amerikanische Serie. Es klingelt. Wer kann das sein zu dieser späten Stunde? Ich stoppe die Sendung, laufe zur Tür und linse durch den Spion.

Detlef!

Er grinst mich an und hält zwei mit Eis gefüllte Schalen in die Höhe. Du großer Schreck! Wie sehe ich aus? Ungeschminkt, im Schlafanzug, zerzauste Haare!

„He! Ich weiß, dass du da bist und bringe dir eine kleine Abkühlung."

So ein Spion ist hilfreich. Man sieht, wer draußen vor der Tür steht. Doch leider sieht derjenige, der vor der Tür steht, auch, dass man durch den Spion schaut.

„Moment!", bitte ich.

„Lass gut sein! Mach einfach auf!"

Der hat gut reden. Bei einem Mann ist es völlig unwichtig, wie er aussieht. Selbst in Arbeitskluft und unrasiert wirkt ein Mann unglaublich sexy.

Ich öffne die Tür einen Spalt.

„Entschuldige, aber ich bin gar nicht auf Besuch eingestellt."

„Umso besser! Dann wurde es Zeit, dass ich mal anklopfe."

Und schon steht er im Flur, geht an mir vorbei und zielgerichtet ins Wohnzimmer.

„Du magst doch Eis. Ich habe Schokotraum, Erdbeerjoghurt und gesalzenes Karamell mit Johannisbeerlikör und obenauf leckere Sprühsahne. Gesundes Obst habe ich leider nicht."

Detlef blinzelt mir zu und hält mir die Eisschalen entgegen. Ich habe keinen Blick für das Eis, sondern greife die Decke, in die ich mich vorhin eingewickelt hatte und bedecke damit meinen schrecklich altmodischen Schlafanzug. Ich weiß, dass das albern wirkt, aber ich muss mir so schnell wie möglich etwas Passendes anziehen. Ein kurzes Kleid mit Ausschnitt oder lieber Jeans und Pulli?

Aber Detlef hat das Geschirr längst abgestellt und umfasst meine Taille.

„Du siehst hinreißend aus", haucht er mir ins Ohr.

„Bitte mach jetzt keinen Aufstand. Setz dich zu mir aufs Sofa und genieße das Eis!"

Detlef erzählt von seinem Urlaub. Er wollte mit drei Freunden über die Alpen wandern, von Garmisch bis zum Gardasee. Sie wählten eine Tour, die in zwei Wochen zu schaffen ist und nicht allzu schwer für sportliche junge Leute aus dem Erzgebirge. Übernachten wollten sie in den Berghütten, die es entlang der Strecke gibt.

Das wäre mal ein Abenteuer für mich und Sofie. Bisher waren wir beide noch nie in den Bergen, immer in warmen Ländern am Strand. Mich würde allerdings der Rucksack stören mit all den Sachen, die man auf solch einer Tour mit sich schleppen muss.

Doch Detlefs Reise fiel wortwörtlich ins Wasser, weil es täglich regnete.

„Bei Regen hat man in den Bergen nichts verloren, denn nasser Untergrund ist rutschiger Untergrund und bedeutet Unfallgefahr."

Daran hatte ich gar nicht gedacht, denn ich mag Regen und gehe gern im Regen spazieren. Doch in den Bergen ist das sicher ganz anders als hier in der Stadt.

„Hinzu kam, dass man sich per Internet vierund-zwanzig Stunden vorher bei den Hütten anmelden und fragen muss, ob es noch freie Plätze gibt."

„Und wenn nicht?"

„Dann muss man ausweichen, ins Tal hinunter oder sein Glück in einer anderen Hütte versuchen.

179

Trotz des schlechten Wetters waren unglaublich viele Leute unterwegs und es gab böse Kämpfe um die Betten."

„Oje!", rufe ich entsetzt aus und stelle mir vor, wie ich in finsterer Nacht auf einem Berg stehe und keine Unterkunft finde. Das wäre ganz und gar nichts für mich.

Da ziehe ich mir einen gemütlichen Urlaub in einem Strandhotel vor. Wenn es da mal regnet, hat man sein Zimmer oder kann in eine Bar gehen. Die Kleider werden nicht nass und man muss sie nicht in einem Rucksack mit sich herumtragen.

„Wir sind dann ins Inntal gewandert und haben Zuflucht in einem normalen Hotel gesucht."

Detlef lacht und erzählt von diesem Urlaub voller Hindernisse, als wäre es für ihn ein großer Spaß und keine Belastung gewesen.

„Einfach kann jeder. Ich mag es, wenn Unvorhergesehenes meine Pläne kreuzt."

Ich nicht. Mich macht es wütend bis unglücklich, wenn ich nach einem Ausweg suchen muss.

„Das macht das Leben spannend. Ich mag auch komplizierte Leute, seil sie interessant sind und Persönlichkeit haben."

Mir ist der Umgang mit komplizierten Leuten viel zu anstrengend. Persönlichkeit hat im Grunde jeder. Mir sind die Stillen angenehm, die nicht so viel reden, zuverlässig und gewissenhaft sind. Mit lauten und dominanten Leuten komme ich nicht zurecht.

Die einzige Ausnahme ist Sofie. Als ich ihr das sagte, lachte sie und meinte, jeder müsse wohl den Menschen aushalten, den er nicht aushalten kann.

Detlef sieht mich auf eine Weise an, als könne er in mich hineinschauen und mein Innerstes berühren. Diesem Blick halte ich nicht stand und spüre, wie mir heiß wird und ein seltsames Kribbeln durch meinen Körper läuft. Ich hoffe, dass er nichts davon bemerkt, greife nervös nach den leeren Eisschalen und stehe auf.

„Möchtest du etwas trinken?"

Meine Stimme klingt anders als sonst, irgendwie höher und gleichzeitig gedämpft, als würde ich ihm ein Geheimnis anvertrauen, dabei habe ich nur gefragt, ob er etwas trinken will.

„Wein wäre gut."

Detlef zeigt auf mein Regal, in dem die Flaschen stehen. Mir ist klar, dass er nur mir zuliebe Wein gewählt hat, denn er weiß nicht, ob ich Bier oder Sekt im Hause habe und möchte mich nicht in Verlegenheit bringen. Dankbar schaue ich ihn an und hole zwei Gläser. Doch er öffnet nicht die Flasche, sondern umfasst meine Taille. Ich kann nichts tun, weil ich in jeder Hand ein Glas halte. So muss ich zulassen, dass seine Hand unter meinem Oberteil verschwindet. Mir geht das viel zu schnell, doch seinen Händen bin ich schutzlos ausgeliefert. Am

liebsten würde ich die Gläser einfach fallen lassen und mich dazu. Aber das geht natürlich nicht. Ich zähle innerlich bis vier. Weiter komme ich nicht. Detlef hat mir die Gläser aus der Hand genommen und irgendwo abgestellt. Ich schließe meine Augen und gebe mich seinen Händen einfach hin.
Es ist unbeschreiblich schön.

*****

„Erzähle von meinen Vorgängern!", fordert Detlef.
Seine Vorgänger? Ich hatte nur einen einzigen festen Freund, mit dem ich sechs Jahre zusammenlebte. Aber warum sollte ich vom ihm erzählen? Ich will Heiko vergessen.
Deshalb gähne ich und sage: „Das ist eine langweilige Geschichte", schaue ihn neckisch an und ergänze: „Meine Wohnung kennt außer dir kein anderer Mann."
Detlef sieht mich prüfend an, als glaube er mir nicht.
„Ich habe vorher schon mal hier gewohnt. Genau genommen zwei Mal."
„Wieso?", stottere ich ungläubig.
„Diese Geschichte ist ganz und gar nicht langweilig. Willst du sie hören?"
Dabei lacht er und zwinkert mir frech zu.

Als Detlef fünfundzwanzig Jahre alt war, zog er mit

seiner damaligen Freundin hier im Haus ein. Vorher lebte er in einer WG. Nach etwa fünf Jahren drängte die Freundin auf Heirat. Sie wollte Kinder. Doch das wollte Detlef nicht. Also zog sie kurzerhand aus.

Detlef blieb nicht lange allein. Er verfiel einer Frau, die fünfundzwanzig Jahre älter ist als er und heiratete sie. Das gefiel seiner Familie nicht. Vor allem seine Mutter, die im gleichen Alter wie die Frau war, machte ihm bittere Vorwürfe. Sie hatte die vorherige Freundin sehr gemocht und sich bereits auf Enkel gefreut. Enkel würde es mit der so viel älteren Frau nicht geben. Die Ehe lief drei Jahre gut.

Dann zog Detlef zu einem achtzehnjährigen Mädchen, das noch im Haus seiner Eltern in einer kleinen Dachwohnung lebte. Sie heirateten, sobald Detlef geschieden war, doch kaum ein Jahr später zog er zurück zu seiner geschiedenen, so viel älteren Frau hier ins Haus.

Sie war inzwischen in Rente, hatte viel Zeit für Unternehmungen und wollte an jedem Wochenende ein anderes Museum oder Schloss besuchen, eine Schiffstour machen, in ferne Städte reisen oder in einem Wellnesshotel absteigen. Außerdem hatte sie ständig Lust auf Sex. Irgendwann war ihm das alles zu viel, er wollte nur noch seine Ruhe und zog aus.

Auch die Frau zog aus.

Vor kurzem erfuhr er, dass seine alte Wohnung

hier im Haus noch immer leer stand.
Und jetzt ist er wieder hier. Allein.

Wenn ich richtig rechne, ist Detlef bereits vierzig Jahre alt. Mindestens. Das gefällt mir nicht. Aber mir gefällt, dass er dank seiner Erfahrung ganz offenbar weiß, was mir gefällt.

*****

Von diesem Tag an sehen wir uns regelmäßig. Meist kommt er zu mir und bringt immer eine kleine Leckerei mit, bevor wir gemeinsam einen Film schauen oder gleich ins Bett schlüpfen. Detlef geht nicht gern aus – wie ich. Mir gefällt, dass er bei rührenden Filmszenen oder bei einigen Musiktiteln Tränen in den Augen hat. Ihm ist das nicht peinlich, er steht dazu. Im Grunde haben wir den gleichen Geschmack. Ihm scheint ohnehin alles recht zu sein, was ich sage, denke, mache oder bleiben lasse.
Wenn Detlef bei mir ist, fühle ich mich rundum wohl. Er ist ein ganz zauberhafter Unterhalter und erzählt gern Geschichten. Von ihm erfahre ich viel über meine recht seltsamen Nachbarn. Zwar sind die meisten Geschichten schauerlich, doch Detlef erzählt sie mit viel Witz und ganz ohne Häme.
Zum Beispiel Sarah. Das ist die Frau, vor der sich Miriam versteckte, weil sie eine sehr strenge Kin-

dertherapeutin in der Klinik ist. Doch nur bei wehrlosen Kindern fühlt sie sich stark. Erwachsenen gegenüber ist sie scheu. Auch beim Autofahren verhält sie sich ungewöhnlich ängstlich, denn sie biegt an keiner Kreuzung nach links ab, sondern fährt generell nur geradeaus oder rechts herum. Das heißt, wenn sie zur nahen Tankstelle muss, die sich links an der nächsten Ecke befindet, fährt sie erst fünf Mal nach rechts, bevor sie tanken kann.

Erik aus dem Dachgeschoss ist Psychiater in der Klinik. Er versteckt sich vor einer ehemaligen Patientin, die zwei Blocks weiter wohnt, weil die ihm oft splitternackt auflauert. Seine Freundin unterstellt ihm, dass er mit dieser Verrückten in der Klinik ein Techtelmechtel hatte, aber er beteuert, er kennt sie nicht. Deshalb streiten die Beiden oft und die Freundin packt nach jedem Streit ihre Koffer und geht zu ihrer Mutter, wo Erik sie zwei Tage später wieder abholt. Jedes Mal! Er hat keine Kinder, nur zwei Katzen, Hunde hasst er. Als im Haus ein junges Paar mit Hund einzog, hat er so lange geklagt, bis der Vermieter ihnen kündigte. Nachbarn zu verklagen scheint für Erik ein Sport zu sein. Den alten Mann, der unter ihm wohnt, verklagt er wegen Geruchsbelästigung gleich aus zwei Gründen: Er raucht auf dem Balkon und zieht dort Knoblauch. Immer, wenn der alte Herr wieder solch ein Schreiben von einem Anwalt bekommt, geht er mit dem Brief von Tür zu Tür und verlangt, dass alle eine

Petition gegen Erik unterschreiben wegen Störung des Hausfriedens.

Die alten Feldmanns aus dem Erdgeschoss leben den ganzen Sommer über in einer kleinen Hütte in ihrem Garten. Jeden Mittwoch kommen sie die vierzig Kilometer zurück, um Wäsche zu waschen, einzukaufen und auf ihren zwölfjährigen Enkel aufzupassen, weil seine Mutter an diesem Tag ihre Freundin trifft.

„Was ist mit dem Jungen, wenn man ihn in seinem Alter nicht allein lassen, sondern auf ihn aufpassen muss?"

„Nichts! Frage lieber, was mit seiner Mutter und seinen Großeltern nicht stimmt. Ich habe mit zwölf Jahren eine zehntägige Radtour durchs Erzgebirge gemacht und im Zelt übernachtet. Und du?"

Ich denke nach. Mit zwölf Jahren ging ich jede Woche mit meinen Freundinnen ins Kino, am liebsten ins CineStar, obwohl das Metropol viel näher war. Wir hatten immer die Wahl zwischen mehreren Filmen und konnten vorher und danach durch die Geschäfte bummeln und Eis essen. Die haben mehr als vierzig oder gar fünfzig Sorten frisch gemachte Sorten, eine leckerer als die andere.

Ich frage Detlef auch, ob er Melanie kennt, die offenbar hier im Haus wohnt, obwohl sie gar nicht da ist. Detlef erklärt, dass sie nicht mehr recht bei Verstand ist, durchgeknallt eben und trotzdem interessant und außerdem wunderschön. Sie lebt

186

ein paar Monate hier, dann dreht sie plötzlich durch, trommelt wild an Türen und schlägt auf die Nachbarn ein. Es heißt, sie hat Wahnvorstellungen und wird dann in der nahen Klinik neu auf Medikamente eingestellt. Nach ein paar Wochen kommt sie zurück, dann beginnt das Spiel von neuem. Das Amt bezahlt die Wohnung, schickt aber niemanden, der zurückgelassene Lebensmittel entsorgt oder die Räume lüftet.

Mich amüsiert dieser Klatsch, weil Detlef ihn mit lebhafter Mimik vorträgt und in keiner Weise herablassend oder gar boshaft wirkt.
Es ist sehr leicht, Detlef zu lieben. Ich bin verrückt nach seinen Umarmungen. Anfangs habe ich versucht, ihm zu widerstehen, ihn zappeln zu lassen, aber ich schaffe es nicht, ihn auf Abstand halten. Dafür ist es ohnehin zu spät.

*****

Mitten in der Nacht klingelt es. Detlef steht vor der Tür. Er sieht elend und erschöpft und gleichzeitig sehr wütend aus.
„Ich muss sofort duschen!", murmelt er. „Machst du mir einen Kaffee? Schnaps wäre gut, was Starkes!"
Schnaps habe ich keinen.
„Geht auch Mandellikör?"

„Wurscht!"

Als Detlef neben mir im Bett sitzt, fängt er plötzlich an zu weinen.

„Was ist?", frage ich bestürzt und lege meine Hand auf sein Bein.

Mich durchfährt ein eisiger Schreck und ich fürchte, dass Detlef krank ist. Gerade gestern habe ich eine Dokumentation über ein junges Mädchen gesehen, das unheilbar an Krebs erkrankte.

Nach einer Weile hat sich Detlef soweit gefangen, dass er erzählen kann.

„Vorgestern fuhr ich mit einigen Freunden ins Katastrophengebiet in die Eifel, um den Flutopfern zu helfen. Du weißt sicher, dass es dort so stark regnete, dass Straße überflutet und ganze Häuser weggespült wurden. Es sind sogar mehr als hundert Todesopfer zu beklagen."

Ich nicke bestürzt. Die Bilder im Fernsehen über die verzweifelten Familien, die ihre Habe verloren, sind unerträglich schlimm. Wie kann man ertragen, wenn alle Möbel, Kleider, Fotos im Schlamm versunken sind? Ich mag nicht darüber nachdenken.

„Mein Kumpel packte zwei Wasseraufbereitungsanlagen und zwei Bautrockner auf seinen LKW und wir fuhren zusammen in die Eifel, um den Betroffenen vor Ort zu helfen. Natürlich wäre es nur ein winziger Tropfen auf den heißen Stein, doch Trinkwasser und trockene Mauern sind neben den Aufräumarbeiten äußerst wichtig.

Schon weit vor unserem Ziel sahen wir auf einem riesigen Parkplatz unzählige Fahrzeuge des THW, die auf ihren Einsatzbefehl warteten. Wegen des vielen Mülls und Bauschutts überall war kaum ein Durchkommen. Uns kam es ewig vor, bis wir endlich den Ort erreichten und unsere Maschinen anschließen konnten."

Detlef fasst sich an den Kopf. Seine Hände zittern.

„Ich bin so wütend!", zischt er.

Ich nehme ihm die Kaffeetasse aus der Hand, drücke seinen Kopf gegen meine Schulter und fahre mit der Hand durch seine Haare.

Aber er setzt sich mit einem Ruck auf und herrscht mich an: „Du wirst es nicht glauben! Plötzlich verlangte ein Polizist unsere Ausweispapiere und ging mit ihnen davon. Nach einer halben Stunde kam er zurück und teilte uns mit, dass wir unerwünscht sind. Stell dir vor, er sagte, wir sind *unerwünscht* und müssen die Stadt sofort verlassen."

„Warum? Ich verstehe nicht."

„Das kann man auch nicht verstehen. Er behauptete, wir würden die Not der Flutopfer für unsere Zwecke ausnützen."

Wieso ausnützen? Und für welche Zwecke? Detlef und seine Freunde reisten privat auf eigene Kosten an und stellten die hochwertige Technik ihrer Firma zur Verfügung.

„Die Not ausnützen?", murmle ich fassungslos und schüttle den Kopf.

189

„Nicht nur ausnützen, sondern für unsere Zwecke *missbrauchen*."

„Welche Zwecke meint er?"

Detlef lacht. Doch dieses Lachen klingt eher wie ein Krächzen.

„Politisch."

Gequält schaut er mich an und zwinkert mir gleichzeitig verschwörerisch zu, wobei seine Lippen fest zusammengepresst sind. Ich werde nicht schlau aus seiner Miene und schon gar nicht aus seinen Worten. Wieso nützt jemand die Not anderer aus, indem er dringend benötigte Hilfsgeräte bringt?

„Ich habe mein Herz am rechten Fleck."

Und? Das habe ich längst gemerkt. Detlef ist nicht nur freundlich, sondern hilfsbereit, obendrein sehr unterhaltsam und ganz sicher auch ehrlich.

„Zwei meiner Freunde sind aktiv in der AfD", erklärt er lachend.

Was gibt es da zu lachen? Wer solche Freunde hat, sollte eher … Ich weiß es nicht. Unwillkürlich rücke ich ein wenig ab von ihm.

„Und weil sie meine Freunde sind, gilt der Spruch: Mitgegangen – Mitgefangen. Ich werde seit einigen Monaten beobachtet."

Er hebt beide Arme, wedelt mit den Händen und gurgelt: „Uahuhuu! Nimm dich in acht vor mir, denn ich bin gefährlich."

Fassungslos schaue ich ihn an und weiß nicht, was ich davon halten und wie ich reagieren soll.

Mir gefällt, dass er den Flutopfern helfen wollte, aber mir gefallen seine Freunde nicht. Und wenn er solche Freunde hat, ist er nicht besser als sie.

„Was mich am meisten ärgert, ist, dass keiner der vielen Leute ringsum laut wurde und von dem Polizisten forderte, uns in Ruhe zu lassen, weil sie unsere Hilfe brauchen." Detlef hebt ratlos seine Arme. „Erst, als wir alles wieder in unseren Autos verstaut hatten, trat ein Mann auf uns zu und bat uns, ihn zu seinem Haus zu begleiten. Der Polizist stand immer noch neben uns, um sicherzugehen, dass wir abfahren. Er verbot dem Mann, von uns Hilfe anzunehmen." Wieder fasst sich Detlef an den Kopf und klopft mit der Hand gegen die Stirn.

„Der Mann sagte, er kann in sein Haus einladen, wen er will, aber der Bulle notierte seinen Namen und schickte uns fort. Der Mann bat uns leise, vor der Stadt auf ihn zu warten. Wir folgten ihm schließlich über matschige Feldwege bis zu seinem Haus. Der Anblick war schrecklich. Im Giebel klafft ein riesiges Loch, bis zum Fenster nur Schlamm und Äste, vom Schuppen schaut nur noch ein schiefes Dach aus dem Dreck, ringsum liegen Steine, halbe Bäume und Balken, ein Baum hängt quer über seinem Traktor.

„Ich kriege das nicht allein weg und hierher in die Einöde kommt kein Hilfstrupp", sagt er müde und zeigt auf das entsetzliche Chaos.

„Doch wir kamen nicht einmal zum Abladen, denn

die Polizei war schneller und zwang uns, unverrichteter Dinge abzureisen. Dem Mann drohten sie mit einer Anzeige wegen Widerstand. Ist das zu fassen?"

Ich schüttle den Kopf, sehe mich aber außerstande zu antworten. Detlef sympathisiert mit den Rechten oder ist am Ende selbst einer und ich habe nichts davon gemerkt. Wie erstarrt sitze ich aufrecht im Bett neben Detlef, der wie ein Baby zusammmengekringelt neben mir liegt und schläft. Nur ich finde keine Ruhe. Ich will keinen Freund, der so schlimm ist, dass ihn die Polizei beobachten muss. Das ist beängstigend und wird böse enden. Zu mir war Detlef immer nett und fürsorglich, doch das kann Tarnung sein, damit ich ihm nicht auf die Schliche komme.

Im Traum falle ich in ein tiefes Erdloch. Es ist finster dort unten und nass. Bis zu den Knien stehe ich im Wasser, habe schreckliche Angst und ich rufe verzweifelt um Hilfe. Es dauert eine Ewigkeit, bis sich endlich ein Kopf weit oben über die Öffnung beugt. Doch der Mann sagt, er dürfe mir nicht helfen, weil er nur auf seinen eigenen Vorteil bedacht ist.

„Bitte! Helfen Sie mir! Ich ertrinke! Ich ersticke! Ziehen Sie mich heraus!"

„Das geht nicht. Neben mir steht ein Polizist, der aufpasst, dass ich dir kein Seil zuwerfe."

„Hilfe! Polizei! Hilfe!", schreie ich.

Der Polizist beugt sich über das Loch und sagt ganz ruhig: „Ich warte auf meinen Einsatzbefehl."

Völlig außer mir schreie ich weiter und trommle mit den Fäusten gegen die Wände aus feuchter Erde, aus denen sich immer mehr Brocken lösen, die mir auf Kopf und Arme fallen und dann mit einem lauten Platsch ins Wasser.

Endlich packt mich jemand an den Handgelenken. Ich werde gerettet!

Aber es ist Detlef, der mich in seine Arme zieht, was mich sofort beruhigt. Nur im ersten Moment, denn sofort fällt mir ein, wer er wirklich ist: ein Rechter. Das ängstigt mich und ich bin augenblicklich hellwach.

„Ich muss los!", sagt er und steht auf.

Erleichtert seufze ich, denn eine Umarmung könnte ich jetzt nicht ertragen. Als Detlef endlich verschwunden ist, denke über all das nach, was er mir in der Nacht erzählte. Ist er wirklich ein Nazi? Ein Rechtsradikaler? Wieso habe ich nichts gemerkt? Habe ich mich blenden lassen von seiner Fürsorge, seiner Freundlichkeit, seiner fröhlichen Art? Kann sich ein Mensch so verstellen? Mich derart täuschen? Die Geschichte mit seinen beiden Frauen, der ganz jungen und der ganz alten, hätte mich stutzig machen müssen. Sie kam mir auch seltsam vor, doch so etwas gibt es eben.

Was soll ich nur tun? Ich liebe Detlef. Doch mit

einem Rechtsradikalen möchte ich nichts zu tun haben.

*****

Ich habe lange keine Nachrichten mehr gesehen, weil ich um diese Zeit immer im Hotel bin. Aber heute suche ich gezielt im Internet nach Berichten über diese Katastrophe. In den meisten Videos geht es um die Suche nach den Schuldigen, die das Unglück hätten verhindern können. Offenbar fehlt ein fähiger Kopf, der die Schadensbeseitigung organisiert und koordiniert. Es kann nicht sein, dass Einsatzkräfte herumstehen und tatenlos auf einen Befehl warten und gleichzeitig dringend Helfer gebraucht werden. Der Reporter berichtet, dass Querdenker und Rechte die Helfer behindern und beschimpfen. Detlef hat es umgekehrt erzählt. Doch ihm glaube ich nicht mehr. Ich glaube den Nachrichten, weil es fundierte Beweise gibt, die öffentlich im Fernsehen gezeigt werden. In anderen Berichten wird zu Spenden aufgerufen, Sänger trällern Lieder für die Opfer und machen ein Event aus der Katastrophe. Die betroffenen Menschen vor Ort fordern finanzielle Hilfen vom Staat und beklagen sich über Versicherungen, die nicht zahlen. Kann man sich für und gegen alles absichern? Außerdem wäre wohl zuerst wichtig, die Straßen freizuräumen und den ganzen Müll zu beseitigen und nicht, nach Geld zu schreien.

Detlef und seine Freunde wollten helfen und ich verstehe nicht, weshalb man ihre Hilfe ablehnte. In der Not ist jede Hilfe wichtig.

Doch ich bin nicht in Not, weshalb ich mich sofort von Detlef trennen werde. Ihm hätte ich nicht zugetraut, dass er mit den Rechten sympathisiert. Er kam mir so intelligent vor.

*****

Sofie versteht mich nicht.

„Wieso bist du über Detlef entsetzt? Er hat dir nichts getan! Ganz im Gegenteil. Wäre er Katholik, wäre für dich wohl alles in Ordnung?"

„Aber das kann man doch nicht vergleichen! Ein Katholik ist ein Christ und Detlef gehört zu einer radikalen Gruppe, die von der Polizei beobachtet wird!"

„Und du glaubst, dass ein Katholik automatisch der bessere Mensch ist?"

Ich verstehe Sofie nicht. Will sie mir einreden, dass sie nicht entsetzt ist von Detlef und seinen Freunden?

„Ich glaube jedenfalls das, was im Fernsehen gezeigt wird und nicht das, was Detlef mir weismachen will."

„Glauben." Sofie schnauft verächtlich. „Du glaubst, was du glauben willst! Fakten interessieren dich nicht. Du drehst und wendest alles so lange, bis es zu deinem *Glauben* passt."

Will sie mir sagen, dass ich Beweise ignoriere, um das zu denken, was ich denken *will*?

„Mit so einem will ich nichts mehr zu tun haben!"

„Mit *so* einem", äfft sie mich nach. „Was ist er denn für einer? Dein Liebhaber ist er, mit dem du dich bisher bestens amüsiert hast."

Liebhaber. Zu mir war Detlef lieb, doch vielleicht hat seine Freundlichkeit gar nichts mit mir zu tun. Vielleicht ist sie nur seine Tarnung, damit niemand merkt, wer er wirklich ist.

„Du polarisierst!", schimpft Sofie.

„Was meinst du damit?"

„Du schaffst absichtlich Gegensätze, die gar nicht vorhanden sind. Natürlich besteht das Leben aus Gegensätzen, zum Beispiel aus Sehnsucht und Enttäuschung. Du sehnst dich nach Liebe und bist enttäuscht, weil dein Freund anders ist als von dir erwartet. Dabei hat er dir nichts getan."

„Mir nicht, aber er tut anderen Un-Recht."

„Wie kommst du darauf? Er wollte den Flutopfern helfen und wurde weggeschickt, weil die Leute sich nicht von Rechtgläubigen ..."

„Das Recht hat nichts mit Detlefs rechter Gesinnung zu tun", unterbreche ich sie.

„Weil die blöden Leute sich nicht von Rechtgläubigen helfen lassen. Und du willst dich allein aus diesem einen Grund nicht von ihm umarmen lassen."

Sie wedelt mit der Hand vor ihrer Stirn. „Du bist doof!"

„Bin ich nicht! Ich will Harmonie. Eine Beziehung verlangt Übereinstimmung, vor allem in der Politik." Sofie verdreht die Augen.

„Hast du überhaupt mit ihm über Politik gesprochen? Oder seid ihr nur wortlos übereinander hergefallen?"

Sofort fühle ich Hitze im Gesicht, weil ich insgeheim Sofie recht geben muss. Detlef und ich haben nicht viel geredet. Schon gar nicht über Politik.

„Rede mit ihm! Vielleicht denkt ihr ähnlich?"

Niemals! Mit so einem rede ich nicht.

„Schau nicht so entsetzt! Sogenannte Rechte sind konservativ und befürworten traditionelle Werte, was nicht automatisch schlecht ist. Du bist selbst recht konservativ. Recht und Ordnung gehören nun mal zusammen."

Recht und Ordnung. Das klingt nach drastischen Gesetzen und polizeilichen Maßnahmen. Typisch deutsch eben. Doch so bin ich nicht.

„Rede mit ihm!", wiederholt sie. „So lange du zweifelst, wird dich all das belasten."

Ich zweifle nicht. Allein Detlefs rechte Gesinnung belastet unsere Beziehung. Sofie klingt fast so, als ob sie ihn verteidigt. Denkt sie etwa wie er? Ich will nicht mit Detlef reden, weil es nichts bringt, mit Fanatikern zu diskutieren. Es wird besser sein, Detlef aus dem Weg zu gehen. Er wird von ganz allein merken, dass es aus ist zwischen uns und mich irgendwann in Ruhe lassen.

*****

Aber er merkt es nicht, sondern ruft mich jeden Tag an oder klingelt an meiner Tür.

Als ich von der Arbeit komme, passt mich Detlef ab und will wissen, warum ich ihn meide wie die Pest.

„Schnallst du gar nichts?", fauche ich. „Mir sind deine Freunde zuwider."

Hilflos hebt er die Arme.

„Wieso? Du kennst meine Freunde gar nicht."

„Ich will sie auch nicht kennenlernen."

„Warum?"

Er merkt es nicht oder er tut so, als ob er es nicht merkt.

„Sage mir endlich, was los ist!", bittet er und ich sehe Verzweiflung in seinen Augen.

„Du nennst sie deine Freunde, obwohl du weißt, dass sie zur rechten Szene gehören."

Detlef schaut mich verwundert an. Dann kneift er Lippen und Augen zusammen und reibt mit seinen Händen im Gesicht herum.

„Daher weht also der Wind! Weil ich jemanden mag, den du nicht magst, obwohl du ihn gar nicht kennst, kannst du mich nicht mehr mögen? Das ist Irrsinn!"

„Nenne es, wie du willst! Ich will jedenfalls keinen

Kontakt zu solchen Leuten."

„Du hast keinen Kontakt zu diesen Leuten." Detlef schaut mich an und fragt leise: „Spürst du nicht, dass ich dich liebe? *Dich*! Verstehst du? Mir ist gleichgültig, was deine Freundin denkt oder dein Vater. Doch dass du denkst, ich sei nicht liebenswert, weil ich Freunde habe, die dir nicht gefallen …" Detlef fährt sich nervös durch die Haare. „Ach, es hat ja doch keinen Zweck!"

Er dreht sich um, winkt mit einer Hand ab und geht fort. Er wirkt traurig auf mich mit seinem gebeugten Rücken und dem hängenden Kopf. Aber das hat er sich selbst zuzuschreiben.

Im Radio läuft ein Lied von Pink Floyd, worin sich der Sänger seine Freundin herbeiwünscht. Mir tut das Herz weh vor Sehnsucht, so sehr wünsche ich mir Detlef zurück in meine Arme. Aber es geht nicht und deshalb muss ich weinen.

Kevin

Meine liebe Freundin – ich denke täglich und eigentlich in jedem Moment an Dich. Selbst bei meinen Übersetzungen springst Du zwischen die Texte. Bist Du glücklich? Deine Briefe fehlen mir. In Liebe Kevin

Kevin! Den habe ich ganz vergessen. Er dagegen denkt nach wie vor an mich. Doch was habe ich davon? Nichts! Ich habe ihm nichts versprochen und fühle mich ihm in keiner Weise verpflichtet. Und doch meldet sich mein schlechtes Gewissen, denn unbeantwortete Briefe sind böse Nachlässigkeiten und passen gar nicht zu mir. Außerdem will Kevin nur wissen, ob ich glücklich bin.

Hallo, Kevin – meine Tage sind mit Arbeit ausgefülltm ansonsten bin ich glücklich verliebt, weshalb ich keine Zeit für Dich habe. Gruß Sandra

Dieser Brief ist kurz und doch von Anfang bis Ende komplett verlogen. Meine Tage sind nur zum Teil mit Arbeit gefüllt und ich bin nicht verliebt. Ich *war* verliebt, aber leider ganz und gar nicht glücklich. Detlef hat mich böse getäuscht, weil er zu den Rechten gehört.
Sofie behauptet, dass das Rechte in unserer Sprache eine eher positive Bedeutung hat: das Recht, das Herz am rechten Fleck, Rechtschreibung, gerecht, rechtmäßig, mehr schlecht als recht, es geht nicht mit rechten Dingen zu …
Wenn man das Recht zur Tür hinauswirft, kommt der Schrecken herein.
Werfe ich Detlef zur Tür hinaus, wird es schrecklich enden? Es ist jetzt schon schrecklich, da ich ihn so schrecklich vermisse. Das wird mit der Zeit verge-

hen, denn die Zeit heilt alle Wunden. Hoffe ich.

Eine Beziehung funktioniert nur, wenn beide die gleiche Grundeinstellung zum Leben haben. Obwohl ich Detlefs Grundeinstellung nicht kenne, weiß ich doch, dass sie falsch ist, weil sie falsch sein muss. Das ist allgemein bekannt. Da nützt es wenig, dass er bisher lieb und fürsorglich zu mir war. Mich hätte allerdings stutzig machen müssen, dass er bereits mit zwei Frauen verheiratet war. Die eine war fast zwanzig Jahre jünger als er, die andere zwanzig Jahre älter. Das ist wirklich sehr seltsam, hat aber eigentlich nichts mit seiner falschen Gesinnung zu tun. Woran hätte ich das erkennen müssen?

In den Nachrichten tragen Rechte immer schwarze Kleidung, aber auch Linke, die Polizei, Biker, Heavy Metal-Fans und auch sonst viele Frauen und Männer. Detlef nicht. Er mag Blau – wie ich.

*****

Liebste Sandra – es freut mich, dass Du mit Deinem Freund glücklich bist. Dass Du glücklich bist, macht auch mich glücklich. Ich hatte noch nie eine Freundin, auch keinen Freund. Ich bin ohnehin lieber allein und übersetze oder lese. Bücher machen keinen Lärm, ich kann sie zur Hand nehmen oder weglegen. Das geht mit Menschen nicht. Dich würde ich niemals „weglegen", Dir möchte ich

stundenlang zuhören und Dich näher kennenler-
nen. Ich weiß, dass das nicht geht. Aber ich möch-
te sehr gern wissen, wie es ist, eine Freundin zu
haben, eine, mit der man immer zusammen sein
möchte wie Du mit Deinem Freund. Ich glaube,
dass ich Dich liebe – aber ich weiß es nicht. Bitte
beschreibe mir, wie es sich anfühlt, verliebt zu
sein. Es grüßt Dich Kevin

Kevin erwartet im Ernst, dass ich ihm beschreibe, wie es sich anfühlt, verliebt zu sein. Ich fasse es nicht. Ist der Typ so doof? Naja, wenn er keine Gefühle hat, kann er das nicht wissen, wie sich Liebe anfühlt. Andererseits wirken seine Briefe auf mich überhaupt nicht gefühllos. Trotzdem kann ich ihm nicht den Unterschied zwischen einer Freundschaft und einer Liebesbeziehung erklären.

„So etwas fragt man nicht", beklage ich mich bei Sofie. „Der Typ ist komplett verrückt."

„Finde ich nicht", antwortet sie ernst. „Wir sollten seine Bitte ernst nehmen und ihn aufklären, ihm zeigen, wie man Liebe macht."

Entsetzt schaue ich sie an.

„Wie stellst du dir das vor?"

„Ganz einfach: Wir nehmen uns den Burschen vor und *zeigen* ihm, was im Bett so abgeht."

„Bist du komplett verrückt geworden?", fauche ich. Wie kann sie so etwas Abartiges vorschlagen?

Eben noch hat Sofie mich sehr ernst angesehen,

jetzt lacht sie aus vollem Hals, prustet und wiehert und strampelt wild mit den Beinen.

„Du bist gemein!", zische ich leise.

Doch Sofie lacht lauter. Sie quiekt und jauchzt, was mich direkt abstößt, weil ich weder Kevins Bitte noch ihre Häme lustig finde.

Sofort ärgere ich mich, ihr von den Briefen erzählt zu haben. Ich hätte sie niemals erwähnen dürfen. Doch Sofie ist meine Freundin und ich glaubte, sie versteht mich. Aber das tut sie nicht.

„Sei nicht sauer!", bittet sie und legt ihren Arm um meine Schulter.

Aber mir ist die Stimmung verdorben. Ich habe keine Lust mehr, mit ihr zu sprechen und weiß noch immer nicht, wie ich mich bei Kevin aus der Schlinge ziehe.

Kevin, der Unterschied zwischen Freundschaft und Liebe ist leicht erklärt. Einen Freund mag man so, wie er eben ist. Meist hat man gleiche Interessen. Wenn man den Freund körperlich begehrt und nicht mehr ohne ihn sein mag, ist es Liebe. Sandra

Das klingt logisch und doch ist es nicht so einfach, sondern oft ganz anders. Sofie ist meine Freundin, obwohl wir nicht die gleichen Interessen haben. Detlef begehre ich körperlich so heftig, dass es schmerzt. Wir schauten die gleichen Filme, aber wir redeten nicht. Ich dachte, man muss nicht reden, wenn man liebt. Mein früherer Freund hat auch kaum gesprochen, aber er hat mich nicht begehrt. Das heißt, ich habe Heiko geliebt und Detlef liebt mich. Aber ich liebe beide nicht mehr. Nur das Körperliche fehlt mir. Ich sehne mich nach Detlefs Umarmungen und kann kaum an etwas anderes denken.

Sehnsucht ist eine Sucht, also krank. Vergleichbar mit einem Raucher, der keine Zigarette findet oder einem Alkoholiker, dem der Schnaps fehlt. Ich bin krank! Deshalb fühle ich mich so schrecklich elend. Alles tut mir weh: Mein Herz hämmert wild, meine Arme sind schwer wie Blei und mein Kopf dröhnt. Was soll ich nur tun? Am liebsten möchte ich sofort hinauf zu Detlef laufen, mich an ihm festhalten und ihn bitten, nie wieder von seinen schlimmen Freunden zu sprechen. Bisher konnte ich ihm aus dem Weg gehen und habe seine Nummer gelöscht.

Es klingelt an der Tür und ich weiß, dass es Detlef ist. Doch ich fühle mich nicht in der Lage, mit ihm zu sprechen, ihn auch nur anzusehen. Also krieche ich in mein Bett und drücke das Kissen fest auf meinen Kopf, damit ich das Klingeln und Klopfen nicht höre.

*****

Ich lehne mich auf mein Fensterbrett und schaue

hinaus auf die Straße. Plötzlich krabbelt es auf meinem linken Arm. Eine Ameise! Eilig schnipse ich sie mit dem Finger hinunter. Sie landet auf dem Fensterbrett. Ohne zu überlegen, zerdrücke ich sie mit dem Daumen.

Im gleichen Moment eilen mehrere Ameisen aus einem winzigen Loch über das Fensterbrett zu genau der Stelle, wo das tote Insekt liegt. Hat es etwa geschrien, als ich es ermordete, und seine Kameraden eilen ihm zu Hilfe?

Sofort habe ich ein schlechtes Gewissen, denn man tötet ohne Not keine Tiere. Nicht einmal Ameisen. Trotzdem hole ich meine Spraydose und betäube damit die vielen Krabbeltiere, die aus einem kleinen Loch unter dem Fensterrahmen herauskriechen. Wo kommen die nur alle her? Ich wohne im ersten Stock und hätte niemals so weit oben Insekten erwartet. Nicht einmal Fliegen und Mücken verirren sich in meine Wohnung.

Liebste Sandra - ich möchte, dass Du glücklich bist. Doch ich fühle Deinen Schmerz, der in meiner Brust sitzt wie ein schwerer Stein. Ich ertrage es nicht, wenn Du Kummer hast und hoffe inständig, dass ich mich irre. Wenn Du reden willst, höre ich Dir zu. Bitte antworte ganz schnell Deinem Kevin

Er spürt, dass ich Kummer habe? Wie ist das möglich? Ich habe ihm nichts von Detlef erzählt und schon gar nicht, wie weh Liebeskummer tut. Nadja sagte, dass Autisten zwar Gefühle haben, sie aber nicht zeigen können. Obwohl wir uns nicht sehen und nicht einmal kennen, spürt Kevin, dass ich verzweifelt bin und Trost brauche. Doch wie will er mich trösten, wenn er keine Regung zeigt? Er schreibt, ich könne mit ihm reden und er hört zu. Mit Detlef kann ich nicht reden, mit Sofie auch nicht.

Ich schreibe ihm, dass ich im Eiscafé auf ihn warte.

*****

Kevins Arme hängen steif neben seinem Körper, als er vor mir steht. Keinen Schritt geht er auf mich zu, kein Lächeln im Gesicht, er reicht mir nicht einmal die Hand zum Gruß. Ich stupse gegen seine Schulter und seine Augen fangen an zu flattern. Sofort ist mir klar, dass ich einen großen Fehler gemacht habe, ihn noch einmal zu treffen. Was habe ich mir nur dabei gedacht? Am liebsten würde ich mich umdrehen und gehen, ihn einfach stehenlassen mit seiner emotionslosen, wie festgemeißelten Miene. Doch daran hindert mich meine Höflichkeit, über die sich Sofie immer lustig macht.

Wir setzen uns an einen Tisch neben den Eingang, weil die Tische weiter hinten besetzt sind. Kevin rutscht auf seinem Stuhl herum und schaut mir unablässig direkt ins Gesicht. Er glotzt! Dabei sollte er wissen, wie unangenehm es ist, angestarrt zu werden. Mich macht es wütend. Glotzer sind unzivilisiert oder geistig gestört. Wie Kevin! Sofort schäme ich mich für meinen Gedanken, denn er ist nicht geistig gestört, sondern nur nicht in der Lage, zu reden und Gefühle zu zeigen. Also doch eine Störung, die mich stört. Jedes Mal, wenn Leute an uns vorbei gehen, zuckt er zusammen. Soll er zucken! Das ist nicht mein Problem.

Mein Problem ist Detlef. Ich weiß nicht, wie ich ihm aus dem Weg gehen kann, obwohl ich ihm doch nahe sein will. Ich weiß auch nicht, wie und warum ich Kevin davon erzählen sollte. Doch genau deshalb sitzen wir hier. Plötzlich weiß ich, dass ich feige bin, denn ich suche mir einen Gesprächspartner, der nicht spricht, der mir und meinen Worten ausgeliefert ist, ohne mir wie Sofie gnadenlos die Meinung um die Ohren zu hauen.

„Ich habe einen sehr liebevollen Freund. Er heißt Detlef", beginne ich zögernd.

Kevin schaut auf seine Hose und merkt nicht, dass sein Eis im Becher zu einer bunten Soße schmilzt. Jetzt, da er mich nicht mehr anstarrt, sprudeln die Worte nur so aus meinem Mund. Ich lasse nichts aus, nicht den großen Altersunterschied, nicht die beiden Ex-Frauen, nicht die wundervollen Abende und Nächte und auch nicht Detlefs rechtsradikalen Freunde.

Kevin hört zu. Mich stört es nicht mehr, dass in

seinem Gesicht nicht zu lesen ist, ob ihn das, was ich sage, freut oder ärgert, entsetzt oder beglückt. Mir ist sogar gleichgültig, was er denkt. Es interessiert mich nicht. Ich will mir nur meinen Ärger von der Seele reden und zwar ohne jede Unterbrechung und ohne Zwischenfrage.

„Nun weißt du, warum ich meinem Freund nicht mehr trauen kann", beende ich meinen Bericht.

Kevin schaut mich an. Nicht fragend. Nicht mahnend. Und schon gar nicht verärgert. Vielleicht ist er verärgert, doch er kann es nicht zeigen. Plötzlich tut er mir leid. Plötzlich stört mich seine unbewegliche Miene überhaupt nicht mehr und ich weiß auf einmal, dass ich hier und jetzt zur richtigen Zeit am richtigen Ort bin. Und Kevin kommt mir ganz und gar nicht mehr seltsam vor.

Und doch ist es schwierig, mit einer Person am Tisch zu sitzen, die kein Wort sagt und mich nur stumm anstarrt. Deshalb bedanke ich mich rasch für sein offenes Ohr und will bezahlen. Doch Kevin hat bereits seinen Geldbeutel auf den Tisch gelegt und tippt darauf herum.

„Mach´s gut!", rufe ich und gehe, ohne mich noch einmal umzusehen.

*****

Meine beste und einzige Freundin – ich spüre, dass Du um Deinen Freund trauerst und trauere mit Dir, obwohl ich Deinen Freund nicht kenne. Es ist nur wichtig, dass die Trauer nicht die Freude überwiegt. Ich mag Leute mit einer eindeutigen Meinung, zu der sie offen stehen. Dann weiß man, woran man ist. Auf Deine Antwort wartet mit großer Sehnsucht Kevin

Darauf kann er lange warten. Ich habe nicht vor, ihm noch einmal zu schreiben. Es bringt nichts. Das ist *meine* eindeutige Meinung. Außerdem habe ich das Gefühl, dass er auf Detlefs Seite steht. Das hat mir gerade noch gefehlt.

*****

Als mich Sofie fragt, wie es meinem Freund geht, denke ich sofort an Detlef. Doch sie meint Kevin, obwohl Kevin nicht mein Freund ist. Schließlich bin ich im Gegensatz zu ihm völlig normal und möchte auch einen normalen Freund haben. Irgend einen Mann wird es geben, der genau zu mir passt.
Sofie fragt kichernd, wie ich Kevin die Liebe erklärt habe und was er darauf antwortete. Dabei fällt mir auf, dass ich bereits eine volle Woche keine Mail mehr bekam. Nicht, dass ich seine Mails vermisse. Aber ich war mir sicher, dass *er* meine Mails vermisst. Warum will er nicht wissen, weshalb ich ihm nicht schreibe? Oder spürt er, dass er mir nichts bedeutet?

Ich lese seine letzte Nachricht noch einmal. Darin schrieb er, dass er sehnsüchtig auf meine Antwort wartet. Ich habe aber nicht geantwortet.

Kurz entschlossen tippe ich:

Hallo, Kevin – geht es Dir gut? Sandra

Darauf erhalte ich keine Antwort, obwohl er bisher sofort zurückschrieb, als würde er am Computer sitzen und nichts anderes tun, als auf meine Mail zu warten. Sicher ist er mir böse. Das tut mir leid. Wirklich! Aber es tut mir nicht weh. Ich bin nicht verantwortlich für ihn. Umso besser, wenn er mich endlich in Ruhe lässt.

Trotzdem rufe ich noch am gleichen Tag Nadja an.

„Ich habe lange nichts mehr von Kevin gehört."

„Wir haben keinen Kontakt zu ehemaligen Patienten", antwortet sie und klingt abweisend. „Was genau willst du?"

Was genau will ich? Ich wollte meine Ruhe vor Kevin, aber nun bin ich unruhig, weil er sich nicht meldet.

„Ich will wissen, ob es ihm gut geht."

„Wieso sollte es ihm nicht gut gehen?", hakt sie nach.

Etwas verlegen erkläre ich unseren Briefkontakt, dass Kevin immer sofort antwortete, aber seit einer Woche nicht mehr reagiert.

„Vielleicht habe ich ihn gekränkt", räume ich ein. „Es ist nicht so wichtig."

„Doch! Es ist sehr wohl wichtig. Ich werde mich beim Sozialarbeiter erkundigen."

Das ist mir peinlich, weil es so wirkt, als interessiere mich dieser Mann, der nicht redet und keine Gefühle zeigt. Aber so ist es nicht. Ich will nicht einmal, dass er sich wieder meldet. Ich will nur meine Ruhe. Und die bekomme ich, wenn ich weiß, dass nichts passiert ist.

Was sollte auch passiert sein? Er sitzt an seinem PC und übersetzt Texte oder liest in einem Buch. Dabei kann nur passieren, dass er vom Stuhl fällt. Das hat es alles schon gegeben, sogar über die Teppichkante kann man stolpern und sich schlimm verletzen. Jetzt fange ich doch an, mir Sorgen zu machen und ärgere mich, wieder einmal zu weit vorgeprescht zu sein. Kevin geht mich nichts an. Punkt.

*****

Am nächsten Tag stehe ich im Krankenhaus, weil mir Nadja von einem Unfall erzählte. Näheres weiß sie nicht. Innerlich kichere ich und stelle mir vor, wie Kevin vom Stuhl gefallen ist. Doch als ich ihn in seinem Krankenbett sehe, vergeht mir das Lachen. Er liegt allein im Zimmer und sieht furchtbar aus! Leichenblass mit einem Schlauch in der Nase und einer Infusionsnadel im Arm. Warum hat er einen Kopfhörer auf den Ohren? Kevin mag keine Geräusche und auch keine Musik. Ich ziehe ihm das Ding vom Kopf und lege es auf den Nachttisch. Dort stehen eine Schüssel mit Brei und eine Schnabeltasse, vermutlich noch das Frühstück oder schon das Mittagessen. Es ist kurz nach elf Uhr.

Nachdenklich betrachte ich das blasse Gesicht, das wie immer keine Regung zeigt. Kevins Augen sind geschlossen, die Lider zucken leicht.

„Kevin, ich bin´s, die Sandra", sage ich leise.

Er öffnet die Augen und schaut mich an. Aber ich erkenne nicht, ob er mich erkennt oder nur einen farbigen Fleck sieht. Auf einmal wünsche ich mir, dass er sich über meinen Besuch freut und diese Freude zeigen könnte. Aber das kann er nicht.

Eine Krankenschwester schiebt ein leeres Bett ins Zimmer und fragt: „Sind Sie Sandra?"

Überrascht nicke ich. Die Schwester strahlt übers ganze Gesicht.

„Das dachte ich mir. Er sagt oft Ihren Namen."

Gerührt lächle ich und schäme mich gleichzeitig, wobei ich gar nicht weiß, warum.

„Was ist mit Kevin?"

„Er liegt im Wachkoma."

Die Schwester erklärt, dass Kevin einen Kreislaufzusammenbruch hatte. Zufällig war gerade ein Arzt in der WG und konnte ihn sofort reanimieren, doch der kurze Sauerstoffmangel hat zum Wachkoma geführt.

„Reden Sie mit Ihrem Freund so, wie Sie immer mit ihm sprechen."

„Versteht er mich denn?"

„Das weiß niemand so genau. Doch besser ist, Sie gehen davon aus, dass er Sie versteht, sind freundlich und behalten Ihre Sorgen für sich. Und wenn Sie gehen, sagen Sie ihm, wann Sie wieder-kommen. Das wird ihn beruhigen."

Ich habe nicht vor, wiederzukommen. Krankenbe-suche finde ich furchtbar und würde mich maximal für meine Mutter oder Sofie dazu überwinden, weil sie mir nahe stehen. Kevin steht mir nicht nahe und würde mir nicht einmal antworten, wenn er bei Bewusstsein wäre.

Die Schwester schaut mich liebevoll und gleichzei-tig besorgt an.

„Er hat sie sehr gern, Sie sind ihm wichtig, denn außer ihrem Namen hat er noch nichts gesagt."

Mir schnürt es die Kehle zu und ich brauche eine Weile, bis ich mich räuspern und sprechen kann.

„Sicher wissen Sie, dass Kevin Autist ist."

Die Schwester reißt ihre Augen auf, als wäre sie erschrocken.

„Er kann nicht sprechen und erträgt keine Geräu-sche, keine Stimmen und keine Musik." Ich zeige auf die Kopfhörer und den laufenden Fernseher.

213

„Nur schriftlich kann er sich mitteilen, wozu er seinen Laptop braucht. Den werde ich besorgen. Das ist doch erlaubt?"

„Selbstverständlich", antwortet sie und schaltet den Fernseher aus.

„Wir bringen ihm täglich sein Essen, doch er reagiert darauf nicht." Die Schwester zeigt auf die Schüssel und die Schnabeltasse. „Deshalb ernähren wir ihn durch die Sonde."

Ich nicke, obwohl ich nicht so genau weiß, was das bedeutet.

„Leider ist im Moment der Arzt nicht auf der Station. Wollen Sie warten?"

„Ich muss wieder zur Arbeit", sage ich leise. Dann klopfe ich leicht auf Kevins Decke. „Morgen gegen Mittag komme ich wieder."

Nun ist es gesagt und ich ärgere mich über mich und mein voreiliges Versprechen. Ich habe mir schon wieder fremde Probleme aufgehalst, die gar nichts mit mir zu tun haben.

Die Gedanken an Kevin, an seine leeren Augen und die vielen Schläuche lassen sich auch am späten Abend nicht vertreiben. Ich nehme eine große Schokoladeneispackung aus dem Kühlschrank und löffle gleich aus der Plastikdose. Eis ist immer gut und Schokolade sowieso. Doch es schmeckt nicht. Trotzdem löffle ich weiter, bis mir übel wird und ich mich übergeben muss. Scheußlich! Der saure Geschmack im Mund bleibt auch nach dem Zähneputzen.

Zum Duschen habe ich keine Lust und irgendwie auch keine Kraft. Ich lege mich gleich in Sachen ins Bett und versuche zu schlafen. Es geht nicht. Ob ich die Augen schließe oder offen halte, immer sehe ich Kevin im Krankenbett vor mir. Hat er gefühlt, dass ich bei ihm war? Fühlt er überhaupt etwas? Oder schläft er so tief, dass er gar nichts wahrnimmt? Dann merkt er nicht, wenn ich ihn nicht mehr besuche. Den Computer braucht er im Moment sowieso nicht. Vielleicht nie wieder, wenn er gar nicht mehr wach wird.

Eigentlich wollte ich *Wachkoma* googeln, doch mir fehlte der Mut dazu. Ich muss nicht alles wissen, zumal mich Kevin nichts angeht.

Zumindest könnte ich den Betreuer oder Nadja anrufen, damit sie sich um den Computer kümmern. Das ist schließlich deren Aufgabe, nicht meine. Doch darüber denke ich morgen nach, heute nicht mehr. Ich muss endlich schlafen.

*****

Der Sozialarbeiter übergibt mir Kevins Laptop. Er erkundigt sich, wie es Kevin geht.

„Er liegt im Wachkoma und wird durch eine Sonde ernährt."

„Dann braucht er keinen Computer."

215

„Im Moment nicht, aber wenn er wach wird, hat er Fragen und da er nicht spricht ..." Mir bleiben die Worte im Hals stecken, weil ich spüre, wie mir der Zorn in den Kopf steigt. „Sie haben Kevin nicht im Krankenhaus besucht?"

„Was soll ich da? Er liegt im Koma und es ist unwahrscheinlich, daraus zu erwachen."

„Wieso ist das unwahrscheinlich?"

„Koma-Patienten werden intensiv versorgt. Meist müssen sie künstlich beatmet oder ernährt werden. Man behandelt die Erkrankung, die das Koma ausgelöst hat und stimuliert das Gehirn, um seine Sinne zu wecken", erklärt der Betreuer, ohne auf meine Frage einzugehen.

Schlau reden kann ich selbst, denke ich wütend. Kevin braucht jemanden, der ihm Mut zuspricht und ihn ins Leben zurückholt. Aber ich möchte nicht dieser Jemand sein. Dafür sollte der Sozialarbeiter sorgen. Das ist sein Job.

Den ganzen Tag geht mir das Bild nicht aus dem Kopf, wie Kevin in seinem Bett liegt und mich blicklos anschaut, ohne etwas zu erkennen. Voller Mitleid steigen mir die Tränen in die Augen. Vielleicht spürt Kevin keine Schmerzen, aber mir tut es weh, ihn so allein zu wissen. Niemand sorgt sich um ihn. Andererseits ist er lieber allein und mag keine Menschen um sich. Das hat er mir geschrieben. Aber er schrieb auch, dass er mich sehr gern in seiner Nähe hat.

Ich schalte den Fernseher an, weil mich diese Gedanken zermürben. Doch der Film lenkt mich nicht ab, ganz im Gegenteil, weil es eine Krankenhausserie ist.

Morgen Mittag werde ich den Laptop ins Krankenhaus bringen. Mehr kann keiner von mir verlangen. Die Pfleger wissen sicher, wie sie mit einem Autist umgehen müssen. Ich muss das nicht wissen.

*****

Nach dem Frühdienst besuche ich Kevin und bleibe eine Stunde an seinem Bett. Ich lege meine Hand auf die Bettdecke, weil ich weiß, dass er keine Berührung mag, aber meine Nähe spüren soll. Dabei erzähle ich von meiner Arbeit, vom Wetter, einem albernen Film und versuche, froh und gelassen zu klingen. Das ist nicht leicht, weil Kevin zwar die Augen offen hat und ab und zu mit der linken Hand wedelt, doch ansonsten keine Regung zeigt. Seine Augen sehen mich nicht, sie gucken ins Leere. Als ich mich verabschiede, nennt er plötzlich laut und deutlich meinen Namen. Erschrocken bleibe ich stehen.

In diesem Moment kommt die Schwester zur Tür herein.

„Ihr Freund spürt, dass Sie hier sind, auch wenn er es nicht zeigen kann." Sie lächelt. „Er wurde gegen

Mittag unruhig, weil er auf Sie wartete. Kommen Sie morgen wieder um diese Zeit?"

Das hat sie so laut gefragt, dass es Kevin hören musste. Deshalb wage ich nicht zu sagen, dass ich nicht vorhabe, noch einmal zu kommen. Was soll ich hier? Kevin ist nicht mein Freund, ich kenne ihn nicht einmal.

„Ich habe nur den Laptop gebracht", sage ich leise. „Jetzt muss ich wieder zur Arbeit."

„Bis morgen also", ruft die Schwester fröhlich.

Sie hat nichts begriffen. Was erlaubt sich diese Frau? Will sie mich bevormunden? Da spiele ich nicht mit.

Am nächsten Tag fahre ich nach dem Frühdienst wie automatisch zum Krankenhaus. Lange sitze ich im Auto und überlege, ob ich aussteigen oder nach Hause fahren soll. Doch wenn ich einmal hier bin, kann ich genauso gut nachschauen, wie es Kevin geht. Die ungeschickte Schwester hat mein Kommen sowieso schon angekündigt.

„Wollen Sie versuchen, ob Ihr Freund von Ihnen Nahrung annimmt?"

Ich soll ihn füttern? Niemals! Bin ich Krankenpfleger? Wütend schlucke ich eine garstige Antwort hinunter, die mir fast wie von selbst aus dem Mund schlüpfen wollte.

Kevin schaut mich an und sagt laut und deutlich: „Sandra".

„Versuchen Sie´s! Dann können wir ihn von der unangenehmen Sonde befreien."

Jetzt redet sie mir auch noch ein, dass ich schuld bin, wenn Kevin weiter künstlich ernährt werden muss. So unangenehm wie die Frau tut, scheint mir die Sonde gar nicht zu sein. Er wird sie nicht einmal merken. Trotzdem wage ich nicht zu widersprechen oder mich gar zu weigern.

Unwillig greife ich nach der Schüssel und dem Löffel und rühre in der unappetitlich beigen Pampe.

„Was ist das?"

„Pudding."

„Kevin, erschrick nicht! Ich werde dir jetzt einen Löffel voll Brei geben. Mach mal den Mund auf!"

Tatsächlich öffnet er den Mund. Ich schiebe den Löffel hinein und Kevin schmatzt laut wie ein kleines Kind. Das ist eklig.

Gerade, als ich den scheußlichen Pudding wegstellen will, jubelt die Schwester: „Gut gemacht! Jetzt wird es aufwärts gehen."

Ich seufze und schlucke meinen Ärger hinunter. Wenn ich mich voll und ganz auf das Füttern konzentriere, wird der Ekel vergehen. Irgendwie ist es erniedrigend, als Erwachsener gefüttert zu werden. Kevin könnte es weder sagen noch zeigen, wenn ihm das Füttern unerträglich ist. Doch Kevin wird das nicht so empfindet, weil er im Moment nichts empfinden kann. Sein Gehirn arbeitet nicht, nur seine Reflexe scheinen zu funktionieren.

Wieder sperrt er den Mund auf, als mein Löffel seine Lippen berührt und plötzlich freut es mich, als hätte ich eine ganz besondere Leistung vollbracht.

Auch die Schwester freut sich.

„Jetzt wird es aufwärts gehen", wiederholt sie.

Daran glaube ich nicht und mache mir auch keine Gedanken darüber.

Tatsächlich schaut mich Kevin nur wenige Tage später so an, wie er mich immer anschaute. Es ist dieses Stieren, was mir furchtbar unangenehm ist. Und doch freut es mich. Er fixiert meinen Mund, als wäre er taubstumm und muss meine Worte von den Lippen ablesen. Im Grunde ist es wunderschön, einem Menschen gegenüberzusitzen, der jedem meiner Worte lauscht, als wären sie von großer Wichtigkeit. Doch leider ist es nur Kevin. Er glotzt mich an, reagiert aber nicht, weder mit seiner Mimik und schon gar nicht mit einem Wort. Außer Sandra. Er sagt immer nur Sandra und zwar immer in der gleichen Tonlage wie ein Automat.

Andererseits kann ich mit niemandem so wie mit Kevin reden. Gleichgültig, wovon und wie lange ich spreche, er schaut mich aufmerksam an und hört zu. Ich weiß nur nicht, ob er meine Worte versteht.

*****

Nach einer Woche erhalte ich einen Brief.

Liebste Sandra – Du hast mich ins Leben zurück-geholt. Nun wünsche ich mir, dass Du mich aus diesem schrecklichen Krankenhaus herausholst. Ich ertrage die vielen Menschen nicht, die aller Augenblicke an mein Bett treten, auf mich einre-den und mich sogar anfassen.

Ich kann auf Dauer nur Menschen aushalten, die ich nicht gezwungen bin, auf Dauer auszuhalten. Nur mit Dir würde ich jede Nähe liebend gern aus-halten. Könntest Du Dir vorstellen, ein Leben mit mir auszuhalten? Mit mir zu leben? Diesen wun-dervollen Traum träume ich täglich. Dein Dich über alles liebender Kevin

Er will, dass ich ihn aus dem Krankenhaus hole. Das ist nicht meine Aufgabe, das ist Aufgabe der Ärzte. Vermutlich hat die Zeit im Koma sein Hirn geschädigt, da er davon träumt, mit mir zu leben. Wie stellt er sich das vor? Ich bin nicht sein Betreu-er. Oder sieht er mich etwa als seine Frau? Gar nicht dran zu denken! *Dein Dich über alles Lieben-der.* Der spinnt komplett! Von Liebe hat der Typ keine Ahnung und soll mich aus seinen abartigen Träumen raushalten. Ist ihm nicht klar, dass er zu den Menschen gehört, die ich nicht aushalte, weil er nie mit mir spricht und keine Gefühle zeigt? Für mich ist Kommunikation das Wichtigste, weil sie die Grundlage für jede Beziehung ist. Beziehung!

Mit *so einem* wie Kevin geht man keine Beziehung ein, ich schon gar nicht.

Kevin, Du kennst die Liebe nicht. Und Du kennst mich nicht und wirst mich auch nie kennenlernen. Sandra

Jetzt habe ich hoffentlich meine Ruhe vor seltsamen Geständnissen, mit denen ich nichts anfangen kann. Ich hätte mich niemals auf diese dumme Briefgeschichte einlassen dürfen.

Meine liebste Sandra, ich habe viel über die Liebe gelesen, doch die Bücher sagen gar nichts. Wenn ich Dich anschaue, vergesse ich alles, was mir bisher wichtig war. Nichts bedeutet mir so viel wie Dein Lächeln. Mein Kopf ist leer und ich habe das Gefühl, dass nur Du ihn füllen kannst. Ich habe verstanden, dass Du nicht mit mir zusammen leben willst. Ich wünsche Dir von ganzem Herzen all das, was Dich glücklich macht. Du wirst für immer in meinem Herzen bleiben. Kevin

Ich soll seinen leeren Kopf füllen? Da hätte ich viel zu tun. Seine Worte über mein Lächeln mögen gut klingen, doch sie sind übertrieben. Sicher schreibt er sie irgendwo ab. Mir geht das zu weit. Wenn ich ihm antworte, hört dieser Unsinn nie auf. Ich werde Kevin nicht mehr im Krankenhaus besuchen. Das ist auch nicht nötig, weil er wieder schreiben kann. Außerdem wird er bald entlassen. Bis dahin will ich aus seinem Leben verschwunden sein.

Trotzdem ist es, als wäre zwischen uns ein dünner Faden, der uns verbindet. Nur können wir nichts mit diesem Faden anfangen, weil Kevin nur zuhört und ich nur spreche. Seine Briefe lesen sich wie Liebeserklärungen. Er ist verrückt, wenn er sich ernsthaft Hoffnungen macht. Aber ich bin nicht verrückt und möchte in Kevins Träumen keine Rolle spielen.

*****

Mein Handy klingelt und ich sehe Nadjas Nummer. Was will sie von mir? Soll ich schon wieder einen ihrer Patienten aushorchen? Auch, wenn es sehr unhöflich ist, ich gehe nicht ran.

Kurz darauf lese ich: *Du MUSST SOFORT ins KH, Kevin gehts schlecht, er isst nix.*

Wieso *muss* ich? Mit KH meint sie wohl Krankenhaus. Ist Kevin nicht längst entlassen? Was geht es mich an, wenn er nichts isst? Außerdem können sie ihn wieder per Sonde ernähren. Ich verstehe das Problem nicht.

Wieder klingelt mein Handy und wieder sehe ich Nadjas Nummer. Dieses Mal hebe ich ab.

„Du *musst* ganz schnell zu Kevin!", schreit sie ohne jede Einleitung.

Das ist einfach keine Art. Und so etwas nennt sich Therapeut. Da kann ich nur lachen.

„Hallo", sage ich genervt. „Wie geht's?"

„Kevin verweigert die Nahrung und du bist der Grund dafür."

„Was?", rufe ich empört aus. „Was habe ich damit zu tun?"

„Du hast ihn jeden Tag besucht und bist plötzlich nicht mehr gekommen. Wir haben Kevins Laptop eingesehen und ..."

„Ihr habt *was?* Seine Privatsachen durchsucht?"

Nadja schnauft.

„Was sollten wir tun, wenn er nicht spricht? Wir wollen ihm helfen."

„Tolle Hilfe", spucke ich aus.

„Kevin liebt dich!"

„Aber ich liebe ihn nicht!"

„Geh zu ihm, dann wird er wieder essen."

„Das ist Erpressung!"

Genau. Erpressung, nichts anderes als Erpressung. Soll ich mich opfern, damit ein Autist zufrieden ist? Die spinnen alle.

Wieder seufzt Nadja.

„Du willst ihm doch helfen, oder?"

Nein, ich will ihm nicht helfen. Doch es hat keinen Zweck, das deutlich zu sagen, weil es menschlich oder eher therapeutisch gesehen keine Möglichkeit gibt, meine Hilfe zu verweigern.

„Da sind Sie endlich!", ruft die Schwester aus. „Wir hatten leider Ihre Telefonnummer nicht, weshalb wir uns an den Sozialdienst wandten."

Ich winke mit der Hand ab, weil ich keine Lust auf Fragen und lange Erklärungen habe.

„Seit Sie nicht mehr kommen ...", sie räuspert sich und ergänzt: „...können, dreht Herr Spindler seinen Kopf immer zur Seite, wenn wir ihm das Essen hinstellen. Als ich ihn füttern wollte, presste er die Lippen zusammen und schlug mir schließlich den Löffel aus der Hand."

Ich zucke mit der Schulter.

„Eigentlich geht es mich nichts an ..."

Richtig. Es geht sie überhaupt nichts an.

„Herr Spindler wird morgen entlassen, aber nicht nach Hause, sondern in die Psychiatrie."

„Wieso?"

„Weil er nichts isst und sie den Patienten bereits in dieser Klinik behandelten."

Ich weiß, dass Kevin nicht dorthin will. Er will nach Hause in sein WG-Zimmer und er will schreiben.

„Wo ist eigentlich sein Computer?"

„Den hat der Sozialarbeiter an sich genommen."

Fest presse ich meine Lippen aufeinander, damit die Worte, die mir schon auf der Zunge liegen, nicht aus dem Mund schlüpfen.

„Wissen Sie, ich habe gesehen, was er zuletzt

schrieb. Es war an Sie gerichtet, ein Gedicht."

Wieder seine Träumereien, die mich in den ganzen Mist reingeritten haben.

Die Schwester schiebt mir einen Zettel zu.

„Ich habe es abgeschrieben und als er nichts mehr essen wollte, wusste ich, dass ich sie anrufen muss. Aber ich hatte Ihre Nummer nicht."

Seufzend bedanke ich mich und frage, ob ich jetzt zu Kevin darf.

„Natürlich. Er liegt jetzt im Raum zwölf im vorderen Bett links."

Auch das noch! Kevin mag keine Veränderungen und auch keine anderen Personen um sich. Um die anderen Patienten zu versorgen, müssen die Pfleger mehrmals am Tag an Kevins Bett vorbei. Das wird ihn anstrengen und schrecklich aufregen. Die Tür zu seinem Zimmer steht offen, so dass er auch noch die Flurgeräusche hört, wenn Pfleger vorbeilaufen und sich etwas zurufen oder Wagen klappern.

Bevor ich den Raum betrete, nehme ich den Zettel zur Hand und lese:

Du bist mein Leben,
mein Ziel und mein Sinn.
Ich brauche dich,
weil ich durch dich nur bin.*

Hat er diesen Unsinn selbst gedichtet? Unvermittelt treten mir Tränen in die Augen und laufen die

Wangen hinunter. Verstohlen wische ich sie weg. Alberne, romantische Szenen passen nicht zu mir und schon gar nicht zu Kevin. Es mag sein, dass er mich braucht, doch ich brauche ihn nicht. Wie konnte es so weit kommen, dass er sich so viel Hoffnung macht? Was habe ich falsch gemacht? Hätte ich ihn nur niemals besucht und nie auf seine Briefe reagiert! Schon bei unserer ersten Begegnung hat er mich ausgewählt. Ja, ausgewählt! Er kam mit seiner Psycho-Gruppe und tippte mir an die Brust. Nur mir. Die Therapeutin deutete dieses Tippen, dass er mich besonders mag. Wieso? Bin ich daran schuld? Mitschuldig? Weil es mich irgendwie auszeichnete, rührte. Und jetzt weiß ich nicht, wie ich aus dieser Nummer wieder rausfinde.

Kevin zuckt zusammen, als ich den Raum betrete, und noch einmal, als ich die Tür schließe. Er presst Mund und Augen fest zu und dreht den Kopf zur Seite, weg von mir. Trotzdem sehe ich, dass sein Gesicht ganz grau und eingefallen ist. Schon wieder spüre ich, dass meine Augen brennen.
Ich klopfe leicht auf seine Bettdecke und flüstere: „Kevin, ich bin´s, Sandra."
Er fährt heftig herum, starrt mich an und krächzt: „Sandra."
„Es tut mir so leid", stammle ich und habe Mühe, meine Tränen zurückzuhalten. Plötzlich überkommt mich Wut und ich fauche: „Was hast du dir dabei

gedacht, nichts mehr zu essen? Du Blödmann!"

Kevin lacht. Er lacht! Es klingt falsch und fast bedrohlich, doch es ist eindeutig ein Lachen.

Zuerst trete ich erschrocken einen Schritt zurück, dann ergreife ich beherzt Kevins Hand und lache mit. Dabei fällt mir ein, dass er Berührungen wie Nadelstiche oder Feuer auf der Haut empfindet und ich lasse schnell seine Hand wieder los.

Kevin schaut auf seine Hand.

„Es tut mir leid. Ich wollte dir nicht weh tun. Ich muss sowieso gehen."

„Sandra!"

Ich verdrehe die Augen, weil es mich nervt, dass er immer nur Sandra sagt und sich nur schriftlich ausdrücken kann.

„Ja? Ich rufe deinen Betreuer an und sage ihm, dass du deinen Computer brauchst."

„Sandra!", höre ich noch, als ich längst draußen den Flur entlanglaufe.

Hätte ich lügen und ihm versprechen sollen, dass ich ihn wieder besuche? Damit er wieder isst? Ich lasse mich nicht erpressen. Schon gar nicht von so einem wie Kevin.

*****

Der Betreuer will nicht mit mir am Telefon, sondern persönlich sprechen. Obwohl ich es eigentlich nicht will, suche ich ihn auf und rede mir ein, dass ich nur den Laptop holen will.

„Tobi", stellt er sich vor.

Das klingt nach einem Kanarienvogel.

„Hier duzen sich alle. In Ordnung?"

Ich nicke, obwohl es mir nicht gefällt und sage höflich: „Sandra."

„Zuerst zeige ich dir sein Zimmer."

„Ist es nicht abgeschlossen?"

„Nein, wir schließen nichts ab. Wir vertrauen uns."

Kevin hat ihm vertraut. Trotzdem hat ihm dieser Vogel den Computer geklaut und sogar darin ganz private Dinge gelesen. Das ist mehr als nur ein Vertrauensbruch.

Kevins Raum ist kaum zwölf Quadratmeter groß bzw. eher klein. Es gibt ein Bett, einen Tisch, einen Stuhl und einen Kleiderschrank, keinen Schreibtisch und kein einziges Bild an der Wand, auch keinen Fernseher.

„Der steht im Gemeinschaftsraum", erklärt Tobi.

„Und wo ist der Laptop?"

Tobi kratzt sich am Kopf.

„In meinem Büro. Sicherheitshalber."

„Und das ist wo?"

„Im Sozialamt natürlich."

„Kevin braucht seinen Computer, um sich mitteilen und beschäftigen zu können. Das wissen Sie ganz genau! Wie kommen Sie dazu, ihm diese Möglichkeit einfach zu nehmen? Ist ja ganz leicht, weil er sich nicht wehren kann." Ich rede mich in Rage und schreie fast: „Ich will noch heute Kevins Computer ins Krankenhaus bringen!"

Tobi lächelt und nimmt mich in die Arme.

Wütend stoße ich ihn zurück.

„Du legst dich ja richtig ins Zeug für Kevin! Liebst du ihn?"

„Ich?", rufe ich empört aus. „Wie kann man so jemanden lieben?"

„Es ist sicher nicht einfach, aber es geht."

„Eine Mutter schafft das, aber wohl kaum jemand wie ich."

„Jeder Mensch sehnt sich nach Liebe, auch *so jemand* wie Kevin."

„Das mag sein, doch Kevin kann keine Gefühle zeigen."

„Aber du weißt, dass er welche hat und was er für dich empfindet."

Schlagartig wird mir klar, dass dieser Tobi Kevins Briefe gelesen hat mit all seinen unsinnigen Träumereien von einem gemeinsamen Leben. Aber er hat auch meine Antworten gelesen und weiß, dass ich dafür die falsche Person bin.

„Ich finde eure Schnüffeleien in Kevins Privatsachen widerlich. Euch kann man nicht trauen."

Tobi führt mich in den Gemeinschaftsraum, eine gemütlich eingerichtete Stube mit Sofa, Sesseln, Radio und einem Fernseher. An der Wand hängen Bilder vom Meer und den Bergen.

„Die Bilder hat alle Freddy gemalt."

„Gemalt? Das sind keine Fotos?"

Ich trete näher. Auch aus der Nähe wirken die Berge, Bäume, Häuser und vor allem das Wasser so natürlich und lebensecht, dass ich es kaum fassen kann.

„Das nenne ich wahre Kunst."

„Ich bin kein Künstler", höre ich eine tiefe Stimme hinter mir und drehe mich um.

Die kräftige männliche Stimme passt nicht zu der schmächtigen Gestalt im Rollstuhl. Seine Beine sind so kurz und dünn, dass sie den wuchtigen Oberkörper niemals tragen könnten. Der linke Arm liegt schlaff in seinem Schoß, der rechte ist auffallend muskulös.

„Ich male mit der rechten Hand, weil ich zu nichts anderem tauge."

„Höre nicht auf Freddy!", meldet sich Tobi und lacht dabei. „Er hat nur seinen Moralischen und will bedauert werden."

Die Worte klingen nicht freundlich, aber der Ton spricht eindeutig eine andere Sprache: Diese Zwei mögen sich.

„Ihr könnt noch quatschen, ich muss los."

„Halt!", rufe ich. „Zuerst übergibst du mir Kevins Laptop!"

„Mach ich morgen, versprochen."

„Nein! Heute! Jetzt!"

Ich stelle mich Tobi in den Weg.

„Sag nicht, du hast den Computer. Das ist schlim-

mer, als würdest du mir mein Malzeug wegneh-
men. Verstehst du das nicht?"

Dankbar schaue ich Freddy an.

„Kevin ist wieder wach, doch er kann sich ohne
seinen Computer nicht mitteilen. Er liegt den ganzen Tag im Bett und starrt an die Decke", erkläre
ich.

Und er leidet unter den vielen Menschen in seiner
Nähe, die laut sprechen, ihn anfassen und nicht
verstehen.

„Wenn du das Ding nicht sofort rausrückst, fahre
ich in die Stadt, kaufe einen neuen und bringe ihn
ins Krankenhaus."

„Das würden Sie für Kevin tun? Sie mögen ihn,
nicht wahr?"

„Mach, was du willst! Ich muss Kevin den Laptop
selbst aushändigen. Heute wird das nichts mehr."

Tobi boxt Freddy gegen die Schulter, reicht mir die
Hand und geht.

Ich stehe wie ein begossener Pudel mitten im
Raum und weiß nicht, was ich machen soll. Dem
Betreuer vertraue ich nicht. Er vergreift sich an
fremdem Eigentum, liest private Briefe und hat
ganz sicher nicht vor, ins Krankenhaus zu gehen.

„Setz dich und nenne mich Freddy!"

Automatisch gehorche ich und wähle den Sessel,
der dem Rollstuhl am nächsten steht.

„Auch ich kommuniziere mit Kevin per Mail und
weiß, wie wichtig ihm der Kontakt ist. Ich bin in

einer ähnlichen Lage, weil ich meine Bilder per Internet verkaufe wie Kevin seine Übersetzungen. Er sieht im Gegensatz zu mir gut aus, kann allerdings weder sprechen noch seine Gefühle zeigen. Deshalb haben wir beide kein Glück bei den Frauen."

Ich lächle peinlich berührt, denn auch bei mir hätten beide kein Glück. Nicht einmal die unbefangene Sofie würde sich mit ihnen einlassen.

Mir fallen Nadjas Worte ein, die sie bei unserem ersten Gespräch sagte: „Wer einfühlsam ist und keine Romantik erwartet, hat einen zuverlässigen Partner."

Was ist romantisch? Eine überschwängliche Gefühlsdusele, die nichts mit der Wirklichkeit zu tun hat, sondern nur schwärmerisch idealisiert. Nichts davon brauche ich. Für mich hat Romantik nichts mit Kerzen, Rosen, Rotwein, dem Meer oder gar einem Kamin zu tun. Für mich bedeutet es, für jemanden etwas Besonderes zu sein. Möglicherweise bin ich für Kevin ganz besonders – er ist es auf seine besondere Art auch. Doch für eine Beziehung reicht es nicht. Vielleicht könnte ich damit leben, dass er nicht spricht und mir nur nette kleine Briefe schreibt. Doch ich könnte nicht damit leben, dass er mich nicht liebevoll anschaut. Da hilft es nichts, dass ich weiß, dass er liebevoll *ist* und mit Sicherheit alles tun würde, damit ich mich wohl fühle. Ich würde mich sehr einsam fühlen, wenn ich mich auf eine Beziehung mit Kevin einließe.

„Ich sehe, du denkst über ihn nach. Gedanken kann man nicht sehen und doch sind sie da. Ich kann in Gedanken an den Strand gehen, Motorrad fahren, sogar in ferne Länder reisen, obwohl ich hier im Rollstuhl sitze. Gefesselt im Körper, aber frei in der Seele und im Hirn. Kevin kann nicht zeigen, was er fühlt, aber er fühlt und schreibt es auf. Das ist mehr als so manch normal gesunder Mann."

Betreten schweige ich. Ich will mich nicht rechtfertigen. Liebe kann man nicht erzwingen.

Schluss

Tobi hat Wort gehalten und am nächsten Tag den Computer ins Krankenhaus gebracht. Kevin durfte noch in der gleichen Woche zurück in seine WG.
Er hat nun ein Smartphone, mit dem er mir täglich witzige Nachrichten schickt.

Seit einem halben Jahr leben wir zusammen in einer größeren Wohnung, weil Kevin ein eigenes Zimmer braucht, wohin er sich zurückziehen kann.
P.S. Ich bin schwanger.

* Anmerkung: Das Gedicht auf Seite 202 ist von Silke Vossenkaul.

Leben
Es gibt nur zwei Arten zu leben:
entweder so, als wäre nichts ein Wunder
oder so, als wäre alles ein Wunder

Albert Einstein

„Der andere Vater" ist ein weiterer Roman der Autorin Petra Weise.

Klappentext: „Warum ich weine? Weil mein Vater gestorben ist!" „Er ist gar nicht dein Vater."
Marion ist erst zwölf Jahre alt, als man ihr diese harten Worte an den Kopf wirft. Sie verliert mit ihrem Vater, der gar nicht ihr Vater ist, den einzigen Menschen, der sich bisher liebevoll um sie gekümmert hat.
Erst zwanzig Jahre später hält sie einen Zettel mit wichtigen Daten aus ihrer Vergangenheit in der Hand. Sie macht sich sofort auf den Weg in das tausend Kilometer entfernte Heimatdorf ihres „anderen" Vaters, obwohl sie weiß, dass sie ihn dort nicht finden wird.
Doch sie findet etwas, was ihr immer gefehlt hat.

Petra Weise wurde 1954 in Freiberg/Sachsen geboren und lebt nach zahlreichen Wohnungswechseln durch Hessen und Bayern seit 1993 wieder in ihrer Heimat Sachsen.

Sie liebt das Erzgebirge mit all seinen Traditionen und fühlt sich auch in den Alpen wohl. Wenn sie nicht schreibt oder liest, wandert sie gern durch den Wald oder spielt Klavier.

www.autorinpetraweise.de